Fan
ファン文庫

豆腐料理のおいしい、
豆だぬきのお宿

著　江本マシメサ

マイナビ出版

目次

第一話　とろとろあつあつ、温泉豆腐

真っ暗闇の中、新婚旅行のときに購入したキャリーケースをガラガラ引いて川沿いを歩いていく。

まだ十一月だというのに、外は肌寒い。秋用の薄手のコートではなく、冬用のダウンを着るべきだった。

私の人生は、いつもいつでも後悔ばかりである。

その中でも、最大の後悔は結婚したことだろう。

結婚生活を思い出すだけでも、ゾッとしてしまう。

今日、離婚届を提出してきた。

名前も吉井《よしい》海月《みつき》から、旧姓だった柳川《やながわ》海月に戻った。

離婚届を提出したら、ハッピーエンドというわけではない。

名義変更をはじめとする、最高に面倒な手続きの数々があるのだ。

免許証にパスポート、住民票、健康保険、年金手帳、印鑑登録……あげたらきりがない。この重たいキャリーケースを一日中引きずって、昼食も食べずに離婚後の手続きを行っていた。コインロッカーに預けたかったが、大きすぎて入らなかったのだ。

「――あ！」

ふと、気づく。

ホテルの部屋を借りて、置いてくれればよかったのだと。混乱した頭では、そんな単純な解決策さえ思いつかなかったのだ。

とはいえ、これでも荷物は軽くなったのである。

各種の手続きが終わったあと、私物の中で売れそうな品物は質屋で売った。

短大時代のアルバイト代三ヶ月分をつぎ込んで買ったブランドバッグに、友人の結婚式でもらった引き出物の数々、それから古着や一度も履いていない靴など。

買い取り価格は、微々たるものであった。過ぎ去った時間は、お金としても取り返せないのだろう。

がっくりとうな垂れる。

何軒も質屋を回っていたら、あっという間に時間が経ってしまった。

スマホで時計を確認する。二十一時過ぎだ。

サイレントモードにしていて気づかなかったのだが、元夫から電話が何件もかかってきている。もちろん、すべて無視。これ以上、話すつもりは毛頭なかった。

本当に、酷《ひど》い目に遭った。

今日の朝、私は夫だった男——吉井和人《かずと》から離婚届を投げつけられた挙げ句、「出て行け！」と言われたのだ。

それは、これまで何十回とぶつけられた言葉である。我慢に我慢を重ねていたが、もう限界だと思い、今回は本当に荷物をまとめて家を出た。

そして離婚届を提出し、淡々と手続きをしたのちに今に至る。

まさか、結婚から四年で離婚するなんて……。

結婚を喜んでくれた両親や友人達の顔が、脳裏を過《よぎ》る。申し訳ないにもほどがあった。

盛大な結婚式をして、新婚旅行で海外に行って、ローンを組んで中古のマンションを買い、家具もこだわって買いそろえた。

幸せな毎日が待っていると、信じて疑わなかったのに……。

結婚は人生のゴールではない。新たな始まりなのだということに今になって気づいた。

私はずっと勘違いしていた。結婚したら満たされた日々を送れるものだと。

離婚の原因はすべて夫にあるとは言えない。私にも、原因があるのだろう。

ことごとく意見が食い違い、喧嘩は絶えなかった。もっとも言い争いの種になっていたのは、私が会社を退職した件。

入籍前に「結婚したら仕事を退職するように」と言われていたのだ。

苦労して入社した会社だから、辞めたくない。しっかりそう主張した。それなのに、結婚する女性社員の多くは寿退社していると言われてしまい、私の望みは聞き入れてもらえなかった。

争いたくなかったのでしぶしぶ会社を辞めたものの、私が退職しなければならない理由がのちのち明らかとなる。

その理由とは「夫婦共働きなんて俺に甲斐性がないみたいで恥ずかしいだろうが」という、極めて個人的な理由だったのだ。

さらに吉井は入籍して一ヶ月と経たずに、モラハラを繰り返すようになる。

夕食は最低でもおかずを五品用意しろとか、友人と会うなとか、実家の親に電話をするなとか、ルールでがんじがらめにして守らないと猛烈に怒る。

中でも、料理に関してのこだわりは、相当なものだった。

味噌汁は具によって味噌の種類を変えろとか、料理の味付けはすべて俺の好みに仕上げろとか、インスタントや買ってきた惣菜に頼るなとか。

もともと私は料理が得意ではなく、短大時代も母が作ったお弁当を持参していたくらいだった。そのため、吉井の高度な要望に応えられる腕なんてあるわけがなく、落ち込む日々だった。

それでも私なりに努力はした。ネットや本のレシピを見ては毎日吉井好みの料理を作った。

それでも料理に関して、文句を言われない日はなかったように思える。おかげで、すっかり料理をするのが億劫《おっくう》になっていた。

たまには言い返すこともあったが、十五歳も年の差があれば口喧嘩しても勝てやしない。

やがて言い返すことも諦めて以来、ずっと彼の言いなりだった。

そんな吉井の口癖は、「お前ひとりでは何もできない癖に!!」。

結婚生活は吉井の給料で成り立っている。

自分が食わせてやっているのだと、わからせるために言っていたのだろう。

こうしたモラルハラスメントがずっと続いていたが、離婚しようとは思わなかった。

両親や友人達が私の結婚を喜び、祝福してくれたから。

それに、結婚してすぐに離婚するのは恥ずかしいという考えもあった。

どうして、もっとよく考えて結婚しなかったのか。

結婚前の自分を、叱咤《しった》したい。

どうして彼を選んだのか、今となっては首を傾《かし》げるばかりである。

きっと同年代と比べて、吉井が大人の落ち着いた男性に見えたのだろう。

まともな社会人経験もないまま、私は結婚したのだ。

そして離婚した今の私には仕事もないし、家もない。入社一年目で結婚したので、個人的な財産もほとんど持っていない。

だから、家から放り出されたら、行く当てなんてなかった。

今も、重たいキャリーケースを引きずりながら、ひとり夜の街をとぼとぼ歩いている。

実家の両親や友人は頼れない。

あんなに結婚を喜んでくれた人達に、離婚しましたなんて口が裂けても言えなかった。

とりあえず、今日はどこかのホテルに泊まろう。

そのあとは？

アパートを借りて仕事を探したらいいのだろうが、短大時代の就職活動を思い出してゾッとしてしまう。

新卒のときでさえ、就職は難しかった。吉井と出会ってしまった会社は、何社目だったか。数え切れないほどの面接を受けてやっと受かった会社だった。

学生時代は学校と両親の支援があったが――今の私には何もない。

ふと、前を見ると街中を流れる川に気づく。

夜の川は、どこか不気味だった。街灯がないので、余計にそう思うのだろう。

ここはどこなのか。ぼんやりしながら歩いていたので、よく知らない場所に来てしまったようだ。

どきんと、胸が嫌な感じに脈打つ。

闇に包まれた状況が、私の人生お先真っ暗だと言っているように思えてならなかったから。

吉井の言っていた通り、私はひとりでは何もできないのだろう。

恐怖と落胆が、一気に襲いかかってくる。せめて、どちらかにしてほしかった。

これからどうしようか。ひとまず、ホテルを探さなければならない。

スマホを鞄から取り出した瞬間、何かの鳴き声が聞こえた。

「くうん……くうん……」

弱々しい鳴き声である。犬、だろうか？　それ以外の野生動物の可能性だってある。

大都会東京であるものの、ハクビシンやニホンザル、アライグマにハタネズミなど、豊富な種類の野生動物が目撃されていると、テレビで見たことがある。

ただ、先ほどの鳴き声は、犬かねこだろう。どこかで聞いた覚えがある。

「くうん、くううううん」

切なげな鳴き声を、無視できなかった。

スマホの懐中電灯アプリを起動させ、道を照らしていく。

鳴き声はどんどん大きくなるのに、姿はどこにもない。

「くうん、くうん……！」

鳴き声が間近に聞こえた。道を照らしても、姿はどこにもない。

「どこ、どこにいるの？」

「くう、くうん」

「どこー!?」

諦めずに探した結果――川の浅瀬に子犬が蹲《うずくま》っていた。スマホで照らした灯りに、茶色い毛並みが浮かぶ。

ポメラニアンか、それとも柴犬か。遠目ではよくわからない。

スマホの光に反応するように、モゾモゾと動いていた。

思っていたよりも、元気そうである。

きっと、暗い中を歩いているうちにうっかり落ちてしまったのだろう。

川への落下防止のためにかけられたガードレールの下は、急な斜面。水面からの高さは二メートルくらいありそうだ。そんな状況なので、助ける術《すべ》はない。

「くうん……！」

助けを求めるような、切ない鳴き声は、先ほどよりも弱々しくなっていた。

今、子犬を助けている場合ではない。自分のことさえ、どうにもならない状況なのに。

それに、助けたとしても、住む家もない状態では子犬の面倒は見きれない。

心の中で「ごめんなさい」と謝り、この場を去ろうとした。その瞬間に、吉井から言われた言葉が甦《よみがえ》る。

――お前ひとりでは何もできない癖に!!

先へと進もうとしていた足が、ピタリと止まる。同時に、怒りがこみ上げてきた。

どうして、私ひとりでは何もできないと決めつけるのか。

私にだって、できることはある。絶対に。

なんだったら今、子犬の命を助けようか。

野良犬ではなく、迷子になった誰かの大事な犬である可能性だってあるし。

急に思い立ち、その場に留まった。子犬に、声をかける。

「待っていてね、助けてあげるから！」

「くうん！」

私の言葉を理解するように、子犬の鳴き声が大きくなった。

まだ、大丈夫。そう言い聞かせ、救助することにした。

この寒さでは、体が凍えているかもしれない。キャリーケースから子犬を包み込むバスタオルを取り出した。

さあ行こうと思ったところで、ふと思う。人に慣れていない可能性があるので、私が抱くのを嫌がるかもしれない。念のため大きめのエコバッグを持っておこう。そこに助けた子犬を入れて、運べるかもしれない。

どこかに、水難救助のためのはしごがあるだろう。そう思って探したところ、五メートルほど道を戻った場所にあった。

ごくんと、生唾を飲み込む。

勾配はかなり急な上に、夜の川は真っ暗で何も見えない。そんな中を、下りて行かなければならないのだから。

川を覗き込むと、やはりけっこうな高さがあった。

もしも落ちたら、ひとたまりもないだろう。

正直、怖い。

けれど、真っ暗闇の中で悲痛な鳴き声をあげる子犬を思えば、私の恐怖心なんて些細なものだろう。

もしかしたら、落下して怪我をしている可能性だってある。早く、助けてあげないと。

腹を括《くく》り、ガードレールを跨《また》いではしごを下りる。

手足は、ガタガタと震えていた。寒いし、怖いし、暗いし。さまざまな要素が、私を恐怖に陥れる。

それでも川に落ちてしまった子犬を助けるために、勇気を振り絞った。

はしごを下りた先はすぐ川。

正直、濡れたくないし、川の流れもどれくらいの速さなのかわからなくて怖い。けれども、小さな命をなんとか助けたかった。頑張れと己を鼓舞《こぶ》しながら川にそっと足をつける。

水は、当然冷たい。覚悟していたのに、予想以上の冷たさだ。幸い、流れは速くないが、川底は平らではない。踵のある靴で、前に進むのは一苦労だった。

「はあ、はあ、はあ、はあ……！」

エコバッグに入れていたスマホの灯りを頼りに一歩、一歩と先に進んだ。

やっとのことで、子犬がいる場所にたどり着く。

私を見て、逃げる様子はない。もしかしたら、衰弱していて逃げる元気もないのかもしれないが。

「お、お待たせ」

「くうん！」

子犬はゆっくりと起き上がり、つたない足取りで近づいてくる。どうやら、人懐っこい性格のようだ。

スマホで照らしてざっくりと全体を確認してみたが、出血はない。足を引きずっている様子もないので、骨折もしていないのだろう。

ひとまず、ホッと胸をなで下ろす。

「このエコバッグで、上まで運んであげるからね」

一応、宣言しておく。そっと体を抱き上げ、濡れた体をタオルで包み込む。そのまま、子犬をエコバッグに入れた。

もしかしたら嫌がるかも、と思っていたが、大人しくエコバッグの中で丸くなっているようだ。このまま運んでも問題ないだろう。

持ち手を首から提げると、両手が自由になる。その状態で、はしごがある場所まで戻り、一段一段、ゆっくり上っていく。

ガードレールを跨いで道路に下り立つと、急に緊張の糸が切れたのか、腰を抜かしてしまった。

怖かった。本当に、怖かった。

子犬も、怪我がなくてよかった。

もしかすると、この子は飼い犬かもしれない。だって、人によく慣れているし、躾《しつけ》も行き届いているように思えた。

首輪などは見当たらないが、飼い犬で間違いない。探している飼い主がいるだろうから、一刻も早く警察に連れていかなければならないだろう。

すっくと立ち上がり、交番を目指すことにした。

「大丈夫だからね。交番に飼い主の届け出があるはずだから」

「くうん」

胸に抱いた子犬は、エコバッグ越しでも温かい。水に濡れていたようだが、体温を奪われていなかったようだ。強い子だと、褒めておく。

不思議と、子犬がいるだけで夜の道も怖くなくなる。

一歩一歩、急ぎ足で夜道を歩く。そんな中で、ふと気づく。やみくもに歩いていても、交番にたどり着くわけがないと。

立ち止まり、スマホを取り出した。近くの交番を検索し、電話をかける。

なんでも警察に届けた場合、生き物も遺失物として扱われるらしい。

さらに警察で預からずに、拾った人に面倒を見るようにお願いするのだとか。

そして飼い主が見つからなかったときは、遺失物法により拾った人のものになると。

この子のお世話は帰る家のない現状では無理だ。けれど、実家に帰ったら受け入れられる。覚悟をするときがきたようだ。

離婚したことをいつまでも隠しとおすことはできないだろう。実家に身を置かせてもらい、就職活動するのがいいのかもしれない。

「もしも親がダメだって言ったら、どこかで一緒に暮らす？」

「くうん？」

「ひとりぼっち同士、仲良く暮らそうよ。離婚したばかりの、バツイチ女だけれど」

子犬を拾ったおかげで、これからどうすればいいのか目標が定まった。

ひとまず、交番で遺失物届を提出しなければ。

「すみません、先ほど連絡した柳川ですが」

交番に着くと、四十代くらいの警察官が笑顔で迎えてくれた。が、エコバッグの中にいる子犬を見て、表情を引きつらせる。

「あの、どうかしましたか？」

「いや、犬じゃないから」

「え⁉」

柔らかな茶色い毛並みに、ピンと立った耳、ふかふかの尻尾――犬でないならば、この子はなんなのか。

「これ、たぬきじゃない？」

「た、たぬき⁉」

警察官はスマホで検索したたぬきの画像を見せてくれた。

「ほら、たぬきでしょう？」

「えっと、ものすごく……たぬきですね」

がっくりと、脱力してしまう。

私が勇気を振り絞って助けたのは、犬ではなく野生のたぬきだった。

「で、でも、この子、すごく人懐っこいんです。飼育されているたぬきではないかと」

「たぬきを飼うだって？　有害鳥獣に指定されている獣を？」

「有害鳥獣、なんですか？」

「そうだよ。たしか、アライグマとハクビシン、たぬきによる農作物などの年間被害総額が、一千万円以上とか、そんな話を耳にしたことがある」

「い、一千万円!?」

森林開発や温暖化で餌が減少したために野生動物が人間の住むエリアにまで現れるようになった、なんて話を耳にしたことがあった。だが、実際はそうではないと警察官が説明を続ける。

野生動物の餌は山に十分ある。それなのになぜ、人里にやってくるのか。

その理由は、人間の住むエリアにやってきたら、楽して多くの餌を得られるからなのだという。

「まあ、そんなわけで、こんな街中にもたぬきが出没するんだよ」

「そういうわけだったのですね」

「それに、たとえば、野生動物は人獣共通の感染症を持っている可能性がある。もしも、治療薬のない病気だったら、人間が命を落としてしまうだろう。さらに野生動物の飼育に失敗して捨てる人達が多発したら、生態系が崩れる」

他にもいろいろ理由はあるようだが、だから有害鳥獣は基本的に捕獲、飼育はできない。そう断言されてしまった。

「もしも、許可なく捕獲した場合は、鳥獣保護管理法により、罰せられる。一年以下の懲役、または百万円以下の罰金、だったかな？」

「ええっ、そんな!!」

私の大声に、腕の中にいた子犬改め子だぬきが跳び上がって驚く。

そんなことはおかまいなしに、警察官は話し続ける。

「まあ、今回の場合は犬と勘違いした結果だから、罪には問われないと思うけれど。あ、保護した場合のみ、一時的に飼育できたような。それ以降も飼いたい場合は、生涯飼育許可を申請するんだったか？　いや、よく調べないとわからないな」

と、警察官が大きなため息をついた途端、子だぬきはじたばたと暴れ始める。

「え、ちょっと、うわっ！」

子だぬきは私の胸から飛び出し、首にエコバッグの持ち手をかけた状態で走り出した。

「あ、ちょっと待って。スマホ、エコバッグの中にある！」

片手にキャリーケースを引いていたので、スマホはエコバッグに敷いたタオルの外側に忍ばせていたのだ。すっかり失念していた。

警察官に会釈したのちに、子だぬきを追いかける。

「ねえ、待って！　エコバッグの中にあるスマホだけ、返して！」

キャリーケースを引きながらの疾走なので、かなりしんどい。けれど、スマホを紛失したら、大変なことになる。家族と友人、知人の連絡先は、スマホにしかないから。

「待って、待ってー！」

幸い、子だぬきの足はそこまで速くない。

ただ、私の体力が保つかどうかが問題である。

街並みは交番のあった賑やかな歓楽街から、閑静な住宅街になっていく。

「はあ、はあ、はあ、はあ、はあ――！」

もう限界。スマホは諦めようかと考えていると、子だぬきは立ち止まった。

子だぬきの姿を、住宅街の中にぽつんと存在する宿の行灯《あんどん》看板が照らしていた。

真っ暗な住宅街の中で、そこだけ明るかった。

なんだか、異世界に迷い込んだような、そんな気分になってしまう。

宿を見上げる。夜なのではっきり見えるわけではないが、三階建てで昔ながらの日本家屋という感じ。

昼間に見たら風情ある雰囲気だと思っただろうが、夜見たら若干不気味だ。

行灯の光の中に立つ子だぬきが、私をくるりと振り返った。

こうしてはっきりと姿を見ると、犬ではなく完全にたぬきだ。

暗い中だったので、勘違いしてしまったのだろう。

「た、たぬちゃん……。ス、スマホだけ、返して……」

息も切れ切れに、懇願する。エコバッグを首にかけたまま子だぬきは、小首を傾げていた。非常に愛らしい姿ではあるが、今はスマホを返してほしい一心だ。

これ以上逃げないように、一歩、一歩そっと近づいていく。

気分は、狩りをするためにゆっくり獲物に接近する雌ライオン。

いい子だから、そこで待っていて。

もうすぐ手が届く距離まで近づいた瞬間、子だぬきはくるりと前を向いた。

「そ、そんな！」

ここで逃げられるのかと思いきや、子だぬきのもとに宿から出てきた男性が接近する。

銀色の髪に、青い瞳を持つ美貌の青年だった。着物に襷《たすき》をかけ、下はたっつけ袴に前かけをしている。この宿で働いている人なのだろうか？

「つばさ!!」

青年は子だぬきに駆け寄って、体を優しく抱き上げる。

どうやら彼が、子だぬきの飼い主だったようだ。

ホッとしたのもつかの間のこと。

「つかさお兄ちゃん！」

幼い子どもの声が、夜闇に響いた。その声は、子だぬきから発せられたように聞こえたが……？

たぬきが喋った!!

いやいやまさか。子だぬきが喋るわけがない。

きっと、一日中動き回って疲れているのだろう。そういうことにしておく。

「今までどこに行っていたのですか!?」

「ちょっと、本屋さんまで」

青年の問いかけに対し、子だぬきは明瞭《めいりょう》な発音で言葉を返す。

やはり、気のせいではなかった。

思わず、額に手を当てる。熱のせいで、幻聴が聞こえているのではないか。そんな疑いさえ、脳裏に浮かんでしまった。

額に手を当ててみるも、平熱としか思えない。

でも、ありえないだろう。たぬきがお喋りするなんて。

私の戸惑いをよそに　青年は真面目な様子で、子だぬきに言葉を返す。

「ひとりで出かけてはいけないと、言っていたのに！」

「だってお兄ちゃん、忙しそうだったし」

「今日は無理だと、言っていたでしょう。どうして勝手に家を飛び出したのです？」

「昼間読んだ本に、子ぎつねが街に買い物に行く話があったの。わたしと同じで、化けができないのに、ひとりでお買い物をしていたから」

「もしかして、〝手袋を買いに〟？」

「そう！　でも、お店にたどり着く前に川に落ちてしまって。そこにいる親切なお姉ちゃんが、助けてくれたんだ！」

「ああ、なんてことを」

「お姉ちゃん、水に濡れているの。どうにかしてあげて」

青年と子だぬきの視線が、一気に私に集中する。

どうしよう、どうしよう、どどどどどうしよう……。

たぬきがお喋りするなんて、絶対におかしい。

喋るたぬきと、ごくごく普通に会話する青年もおかしい。

いや、むしろ私のほうがおかしいのか。もしくは夢なのか。

夢だ。夢に違いない。

頬を抓《つね》ってみたが、普通に痛かった。

目の前の不可解な状況が、夢でないことの証明となってしまう。

美しい青年と喋る子だぬきの存在は、現実離れしていた。ぞくりと、鳥肌が立ってしまう。

「あ、あの、私――」

これ以上、関わらないほうがいいだろう。

ホテルを探して、しっかり休んだほうがいい。そうすれば、この不可思議な状況についても、「昨日は疲れていたんだなー」、と思えるだろう。

「失礼しますっ！」

踵《きびす》を返そうとしたが、美貌の青年にキャリーケースの持ち手を摑まれてしまった。

「待ってください」

「はい？」

「妹が、お世話になりました」

妹？

青年が胸に抱いて見下ろす先には、子だぬきしかいないが、妹？

「あの、そちら様が、妹さんで、間違いない、と？」

「はい、妹です」

子だぬきが妹だと、言い切った。

「あなた様は、妹の命の恩人です」

「い、いいえ、大したことは、していないのですが」

「大したことです。妹ひとりでは、地上に上がれなかったことでしょう」

「いえいえ。偶然、妹さんを発見したもので」

子だぬきを妹だと連呼している。私の聞き間違いではない。

それにしても、喋る子だぬきを妹と呼ぶこの青年は、何者なのか。

改めて青年と、青年が胸に抱く子だぬきを見比べる。

青年と子だぬき——青年と子だぬき——青年と子だぬき。

何度繰り返して見ても、兄妹には見えなかった。

もしかして、妖怪か何かに化かされているのだろうか。

そもそも、住宅街にいきなり宿があるのも不可解だ。

周囲はごくごく普通の住宅ばかりなのに、明治時代を思わせる木造の古い佇《たたず》まいの宿が存在すること自体がおかしい。

ここから、逃げなければ。

落ちていたエコバッグを拾い上げる。中にはスマホが入っていて、ホッと胸をなで下ろした。タオルの外側に入れていたので、濡れていない。

時刻を確認すると、二十二時過ぎ。子だぬきの救出にずいぶんと時間をかけていたようだ。

これで、もう子だぬきに用事はない。ここで、お別れだ。

「あの、では、失礼いたします」

「お礼を、させてください」

青年が言うと、子だぬきが続けて「させてください」と言う。

一瞬可愛い……と思ってしまったものの、現代日本のたぬきは喋らない。不可解な状況から、一刻も早く抜け出す必要があるだろう。

一歩、下がったのと同時に、青年が私の手を優しく握る。

どくんと、胸が高鳴った。

「指先が、冷え切っています。温泉豆腐でも食べて、温まってください」

「お、温泉豆腐？」

「はい。ここは、豆腐が自慢の宿なのです」

「自慢の豆腐を、温泉に……？」

「はい」

脳内に、温泉にぷかぷか浸かる豆腐のイメージが浮かんだ。

豆腐を温泉に入れるとは、初めて耳にする。いったい、どういう意味があるのか。気になってしまった。

「ここでは、温泉に豆腐を浮かべて入るのですか？」

そんな質問を投げかけると、青年はくすくすと微笑む。イケメンの笑みは破壊力抜群だ。眩《まぶ》しくて、目が眩むかと思った。

「お姉ちゃん、温泉豆腐はお料理なんだよ」

「料理なの⁉」

冬至のゆず湯みたいなものかと思っていた。

温泉豆腐とは、いったいどういう料理なのか。俄然、興味が湧いてしまう。

「温泉水で煮ると豆腐がなめらかになって、舌がとろーんととろけるほどおいしいんだよ！」

子だぬきの説明を聞いていたら、急に空腹感を覚えてしまう。

そういえば、朝食をとってから何も食べていない。離婚の手続きと名義変更で、てんてこ舞いだったのだ。

青年は右腕に子だぬきを抱き、左手は私の指先を握っている。そのままの状態で、宿へと誘った。

「どうぞ、中へ」

温泉豆腐がどんな料理か気になるし、お腹も空いている。

つい、誘われるまま、宿の中へと進んでいった。

のれんを潜《くぐ》った先は——古き良き日本のお宿、という感じ。三和土《たたき》で靴を脱いで、中に入るようだ。

「あらあら、いらっしゃいませ」

奥からひょっこり顔を覗かせたのは、仲居さんの恰好をした二足歩行のたぬきだった。

「あ、歩いてる⁉」

「あらあら、ごめんなさい。化けが、解けていたようね」

仲居姿のたぬきが着物の帯を探ると、葉っぱが出てくる。それを額に載せると、瞬く間にたぬきは中年女性の姿となった。

驚きすぎて腰を抜かし、上がり口に座り込んでしまう。

仲居さんは申し訳なさそうに、謝ってきた。

「ごめんなさいね。今日は宿泊のお客さんがいないから、気が抜けていたわ」

仲居さんは私の手を取って、立ち上がらせてくれた。とても、温かい手だった。

ここで、物足りなさに気づく。

「あ、そうだ。キャリーケース！」

外に置き去りにしていた。振り返ると、甚平《じんべい》をまとった三匹のたぬきがキャリーケースを運んできていた。私の視線に気づくと、すぐに人の姿へと転じる。年頃は二十歳前後か。変化《へんげ》を見るのは二回目だが、またしてもぎょぎょっとしてしまった。

彼らの顔はそっくりで、どうやら三つ子、兄弟のようだ。

目が合うと、ひとりはにっこり微笑み、ひとりはぶっきらぼうに視線を逸らし、ひとりは照れくさそうに頬を染めている。

私は子だぬきと美貌の青年に、質問を投げかけた。

「あの、つかぬことをお尋ねするのですが、えーっと、ここは、その、たぬきが経営する、宿なのですか？」

子だぬきが前脚をあげながら、元気よく答える。

「そうだよ」

青年が言葉を付け足した。

「私達は、豆だぬきというあやかしなんです。明治時代より、この地で宿を経営しています」

どこからどう見ても人にしか見えないが、豆だぬきというのは、化けが得意なあやかしなのだという。

「そもそも、豆だぬきは、どのようなあやかしなのですか？」

あやかしには、伝承や伝説がつきものだろう。悪さをする存在であったら、警戒を強めないといけない。

「人間達の間で伝わっているのは、酒蔵で悪さをしたり、人間に化けて脅かしたり、山頂で火を点《とも》して雨が降るのを知らせたり。地域によって、さまざまな豆だぬきがいたそうで――」

同じ豆だぬきだからといって、同じ性質で、同じ行動をするとは限らないようだ。

その辺は、人も同じである。

「昔の豆だぬきについては詳しく存じませんが、私は宿で作られる豆腐のおいしさを伝えるのが使命だと思って、日々働いています」

「そう、なんですね。あの、どうしてお豆腐なんですか？」

「洒落、ですかね。私達、〝豆〟だぬきですので」

「なるほど」

豆腐は大豆から作られる。同じ豆という漢字が当てられた食べ物だったので、親近感を覚えたのかもしれない。

「それにしても、ここは立派なお宿ですね」

「ありがとうございます」

建物自体は戦火を逃れて今も残る、築百五十年の老舗《しにせ》宿だという。

「人間界に紛れて暮らすあやかし達が、ゆっくり過ごせるために建てられたのが、ここ、〝花曇《はなぐも》り〟なんです」

驚くなかれ。現代日本には、人間に化けているあやかしが大勢いるらしい。〝花曇り〟のお客さんは、人間界に紛れて暮らしているあやかしだという。

宿の周りには普段は結界が張られていて、私みたいな普通の人が気づかないようになっているのだとか。

「あの、どうして私は、ここに？」

「つばさが、あなたを連れてきたのですよ」

「つばさ？」

子だぬきが、元気よく挙手する。どうやら、この子の名前は〝つばさ〟というらしい。

「お姉ちゃん、ひとりぼっちって言っていたから、ここに住めばいいと思って」

「そ、そうだったんだ」

まさか、子だぬきに同情されていたとは。

「つかさお兄ちゃん、いいでしょう？」

「それは――」

そこで会話を中断させるような、お腹の音が鳴り響く。私の腹の虫は、空気など読めないようだ。

「先に、お食事にしましょうか」

「す、すみません」

「いいえ。その前に、濡れた足をどうにかしましょう。つばさも」

「あ、はーい」

ここで、青年は子だぬき改めつばさちゃんを下ろす。まっすぐ私を見て、自己紹介してくれた。

「私は、ここの宿で料理人をしている田貫《たぬき》つかさと申します」

「初めまして、柳川海月、です」

手を差し出されたので、握手を交わす。

「海月さんとお呼びしても問題ないでしょうか？」

「は、はい」

返事をしてから、ハッと我に返る。いくら行く当てがなくお腹が空いていたからといって、信用しすぎるのもよくないだろう。

ただでさえ、たぬきが喋る時点で普通ではない。

怪しいと思ったときに、逃げておくべきだったのかもしれない。

だってここは、豆だぬきが経営するお宿だから。

頭を抱えていたら、つばさちゃんが小首を傾げながら質問してくる。

「ねえ、わたしは海月お姉ちゃんって呼んでいい？」

「もちろん」

「やったー！」

可愛いものに弱いのを、どうにかしなければ。

田貫さんは料理の準備があるというので、すぐにいなくなる。濡れたつばさちゃんは、仲居さんが抱き上げてどこかへ連れて行った。私は、ここで待つように言われる。

しばらくすると先ほどの仲居さんが、大きめの桶に温泉の湯を入れて持ってきてくれた。フワフワのタオルも、手渡してくれる。

「温泉の湯をお持ちしました。どうぞ」

「わー！」

「我が宿自慢の温泉です。どうか、足を温めてください」

「ありがとうございます」

靴ごと濡れた足は、すっかり冷え切っていた。靴とフットカバーを脱いで、上がり框《がまち》に座り温泉に足を浸ける。

湯気が漂うほど温かいお湯だったので、足先がジンジン痛んだ。だが、次第に心地よくなっていく。

足をタオルで拭い、ホッと安堵の息が出た。同時に、仲居さんがスリッパを差し出してくれる。

「お食事をする座敷まで、ご案内しますね」

「よろしくお願いいたします」

仲居さんに誘われて、板張りの長い廊下を歩いて行く。案内されたのは、長方形のテーブルが並べられた畳の部屋で、普段は宴会会場として使っているようだ。

広いお座敷に、ぽつんと取り残される。

十分ほど経ったら、先ほどの子だぬきつばさちゃんがやってきた。

てってけと四本足で走ってくる様子が、悶《もだ》えるほど可愛らしい。彼女は先ほどの仲居さんみたいに、二足歩行はできないようだ。見た目はまんま、たぬきである。

濡れそぼっていた毛並みは、すっかりフワフワになっている。こうして見ると、たぬきという生き物は可愛いんだな、と思ってしまう。

つばさちゃんはキラキラした瞳で、私を見上げている。

「あ、あの、海月お姉ちゃん、隣、座ってもいい？」

「どうぞ」

つばさちゃんは座布団に遠慮がちに座る。

それにしても、本当に喋るたぬきが実在するんだな、と改めて思う。いまだに、半信半疑ではあるが。

「つばさちゃん、その、怪我とか、痛いところとか、なかった？」

「うん、平気。優しく助けてくれて、ありがとう」

「いえいえ」

「もう、ダメかと思ってた」

「あの高さは、落っこちたら登れないもんね」

「うん。だから、海月お姉ちゃんが助けにきてくれたとき、本当に、嬉しかった」

一度は見捨てようとしていたことを思い出し、胸がズキンと痛んだ。ひとりでは何もできないと思い込んでいた昨日までの私だったら、絶対に助けなかっただろう。

「海月お姉ちゃん、どうかしたの？」

「ううん、なんでもない。私も、つばさちゃんを助けられて、よかった」

つばさちゃんは傍に寄り、私の手にすり寄る。フワフワの手触りのよい毛並みが、肌に触れた。あまりの可愛さに、声をあげそうになる。口から声が飛び出す瞬間に、飲み込んだけれど。

頭を撫でると、「えへへ」と照れ笑いをしていた。

姿形はたぬきだが、すごくいい子だ。声の感じから、小学校の低学年くらいだろうか。

お礼を言いに来ただけかと思いきや、再び私のほうを見て目を細めていた。

もしかして、私とお喋りをしたいのか。

私はひとりっ子で、親戚に小さな子どもはいなかった。だから、子どもに対する態度の正解がわからない。

話題をひねり出し、話しかける。

「ここのお座敷、広いね」

「昼間は、食堂をやっているんだよ」

「そうなんだ」

食堂では、つばさちゃんのお兄さんである田貫さんたちが作った料理が提供されているらしい。これから出てくる料理も田貫さんとっておきのひと品なのだとか。

「つかさお兄ちゃんの料理は、世界一おいしいんだ」

「楽しみにしているね」

そういえば、温泉豆腐をふるまってくれると言っていたような。

温泉の名を冠する豆腐とはどんな料理なのだろうか。期待が高まる。

しばしつばさちゃんとお喋りをしていたら、田貫さんが料理を運んできてくれた。

「お待たせしました。温泉豆腐です」

鍋敷きが置かれ、その上に土鍋が鎮座する。

「これが、温泉豆腐、なんですね！」

「ええ」

田貫さんが土鍋の蓋を開けると、ふんわりと湯気が漂う。

乳白色のスープしか見えないが、中に豆腐や野菜が入っている鍋だという。

「豆乳鍋に似ていますね」

「言われてみれば、たしかに。しかし、まったく別物です。温泉豆腐とは、温泉で豆腐を炊いた料理なのです」

「温泉で豆腐を!?」

「ええ。こちらは九州から取り寄せた、温泉水を使って作ったものになります」

温泉豆腐は有名な温泉どころ佐賀県嬉野市《さがけんうれしのし》の郷土料理で、温泉水で豆腐を煮込んで、とろとろにした特別な湯豆腐なんだそうだ。

日本全国の豆腐料理を追究した田貫さんがオススメする、とっておきの一品だという。

「嬉野温泉は、弱アルカリ性の重曹泉なんです」

「弱アルカリ性って、美肌作りに欠かせないアレですか？」

「そうですね」

田貫さんによると、嬉野温泉は〝日本三大美肌の湯〟に選ばれていて、そんな泉質の地で、温泉を最大限に堪能できるものとして温泉豆腐が広まっていったのだとか。

「この地でも温泉は湧いているのですが、温泉豆腐には利用できないのです……」

温泉豆腐は嬉野温泉独自の泉質が欠かせないようだ。田貫さんは若干しょんぼりしながら語る。

「お豆腐は我が宿の豆腐職人が作った自慢のひと品となっております。朝、昼、晩と、できたてを提供できるように、作っているのですよ。お気に召していただけましたら、幸いです。それでは、どうぞごゆっくり」

「ありがとうございます」

田貫さんは丁寧な会釈をし、部屋から去って行く。

つばさちゃんは隣にちょこんと座り、私を見上げている。思わず抱きしめたくなるほどの愛らしさだ。

「そういえば、つばさちゃんは夜ごはん、食べたの？」

「出かける前に、食べたよ！」

「そっか。少し、食べる？」

「ううん、大丈夫！　もう、歯磨きもしたし」

頭を撫でると、気持ちよさそうに目を細めていた。可愛いにもほどがある。

私だけ食べるのは申し訳ないと思ったが、すでに食べていたのならば遠慮なくいただこう。

その前に、果たして本当に、この料理を食べてもいいのかと疑問に思ってしまった。

料理人は、豆だぬきである。

物語の世界で人ならざる存在《もの》の用意する食べ物は、人を太らせて食べようとか、元の世界に帰れなくしようとか、不穏な目的があったような気がする。

「海月お姉ちゃん、どうかしたの？」

私を見上げるつばさちゃんの瞳は澄んでいる。

すぐに、私は反省した。つばさちゃんと田貫さんの感謝の気持ちを疑うなんて、と。

同時に、お腹がぐーっと鳴った。これには、抗《あらが》えない。

もう、どうにでもなれ！

そんな気持ちで、手を合わせた。

改めて、鍋の中を覗き込む。見事に真っ白だった。豆腐が浮かんでいるのはわかるが、見た目から具材は確認できない。

「つばさちゃん、これ、豆腐以外に何が入っているの？」

「豚バラ肉と、しいたけ、白菜、人参、長ネギ、かな」

「けっこう具だくさんなんだね」

温泉豆腐は湯切りできるおたまで豆腐や具材を掬《すく》って食べるようだ。

タレはポン酢とごまだれの二種類。まずは、ポン酢でいただいてみることにする。

おたまで豆腐を掬うと、角が取れたとろとろの豆腐がお目見えした。

ポン酢の入った取り皿に入れた豆腐を箸で取ろうとしたが、とろとろすぎて摘まめない。

「あれ、困ったな。お豆腐がとろとろすぎて、お箸では摘まめない」

「だったら、レンゲで食べたらいいよ」

「レンゲ？」

そういえば、箸と一緒にレンゲが添えられていた。

「なるほど。最初から用意されているんだね」

「そう！　あとね、かなり熱いから、よーく冷ましてから食べてね」

「ありがとう」

つばさちゃんのアドバイスを受け、レンゲで食べてみることにした。

気を取り直し、よく冷ましてから豆腐を口に含んだ。

「んんっ!?」

表面がとろとろになった豆腐は、上品なムースみたいになめらかな食感であった。口の中で、スッと溶けてなくなる。ほんのり甘くて、濃厚。こんな豆腐、初めてだ。

「嘘、おいしい!!」

「でしょう？」

つばさちゃんは胸を張り、自慢げに言う。職人さん達が作った豆腐とそれを料理したお兄ちゃんの腕を自慢に思っているのだろう。その様子は、どこか微笑ましい。

それにしても、温泉豆腐は本当においしい。

空腹に沁《し》み入り、疲れた体を癒やす優しい味わいの料理だ。

二口、三口と食べ進める。とろとろの豆腐が、ポン酢と合う。

温泉で炊くと聞いて若干臭うのではと思ったのだが、温泉臭さはまったくない。それどころか、素材となる大豆の味や香りをしっかり感じられていくらでも食べられそうだ。

豆腐にこんな食べ方があるなんて、驚きだ。

ポン酢で味わったあと、今度はごまだれで食べてみる。こちらは、とろとろ豆腐に、ごまだれがよく絡んで、豆腐のなめらかさがさらに強調されている。

一緒に煮込まれていた野菜や豚肉も、おいしかった。あっという間に、ペロリと食べきってしまう。

「あ、スープは全部飲まないでね。最後に、おじやにするんだ」

「あ、そうなんだ」

実はさっきからテーブルの端に置かれた小さな卓上コンロの存在が気になっていたのだ。つばさちゃんがおじやの作り方を説明してくれる。

「あのね、まず、コンロに鍋を載せて火を点けたら、おひつにあるごはんを一膳分とお出汁を入れて温めるんだよ」

ぐつぐつ煮立ったら溶き卵でとじて、最後に小口ネギを散らす。

あっという間に、おじやの完成である。

おいしそうにできたので、つばさちゃんを抱き上げて見せてあげた。

「わあ、おいしそうだね！」

「でしょう？」

「たくさん食べてね！」

「もちろん」

「これね、塩昆布を載せてもおいしいんだよ」

「つばさちゃん、渋いね」

「えへへ。つかさお兄ちゃんが教えてくれたんだ」

「そうだったんだね」

つばさちゃんは田貫さんが大好きなのだろう。私はひとりっ子なので、なんだか羨ましく思ってしまう。

「あ、食事中なのに、お喋りして、ごめんね」

「気にしないで。つばさちゃんとのお喋り、楽しいから」

「よかった」

と、お喋りはこれくらいにして、いただく。

アツアツのおじやを冷ましてから、ぱくりと食べた。お米の一粒一粒に、野菜やお肉の旨みがぎゅっとしみこんでいる。

「おいしい！」

そう口にしたら、なんだか泣けてきた。ポロポロと、涙が零《こぼ》れていく。

「海月お姉ちゃん、どうしたの？」

「ご、ごめんなさい。おじやがおいしかったから、な、涙が出てきたの！」

「そっか。たくさん、食べてね」

「あ、ありがとう」

私が突然泣き始めたので、つばさちゃんはオロオロしているようだった。いい大人が子どもを困らせるなんて、とても恥ずかしい。

けれども、涙は空気を読まずにポロポロと流れていく。

そんな私に気を遣ったのか、つばさちゃんはててて、と駆けて、いなくなってしまった。

おじやがおいしくて涙が出たというのは嘘ではない。

けれど、複雑な事情も絡んでいる。

私は料理が得意ではないにもかかわらず、この四年間料理を作り続けた。

吉井からは「まずい！」、「彩りが悪い」、「犬のほうがマシなものを食っている」と、豊富な語彙で手料理を貶《おとし》められた。

そんな言葉をぶつけられる中で、私自身、料理して食べるという、人としての当たり前の営みが嫌になっていたのだと思う。

自分で作った料理は、生きるための栄養補給として口にしていた。当然ながら、そこに「おいしい」という感情は伴わない。

そんな生活を、四年間も続けていたのだ。

今日、田貫さんが作ってくれた料理を口にして、久しぶりに心からその味わいに感動した。感極まった感情が、涙となって溢れ出たというわけである。

まさか、料理がおいしくて涙が出るなんて。まるで、ドラマの世界である。

ひとり、黙々とおじやを味わった。

「おいしい。本当に、おいしい」

これからは、毎日毎日、無理に料理をする必要はない。好きなものを好きなときに作ってもいいし、外食をしたっていい。自分がおいしいと思うものだけを、口にすればいいのだ。自由気ままな独身生活。楽しまないと損だろう。

温泉豆腐を完食し、お茶を飲んでホッとひと息つく。

お腹と一緒に、心も満たされたような気がした。

豆腐料理のおいしい豆だぬきのお宿。

あまりにも怪しいからと一度は逃げようとしたものの、空腹に負けてうっかりごちそうになってしまった。

それにしても、涙が止まらない。

この四年間、絶対に吉井の前では泣くまいと我慢していたのだ。きっと、その反動だろう。つばさちゃんが戻ってくるまでに泣き止まなければ。

そう思っていたのに、つばさちゃんは早々に戻ってきてしまった。

「海月お姉ちゃーん！　デザートあるから、泣き止んで！」

「え？」

てててと走ってきたつばさちゃんは、私の膝に飛び乗って潤んだ目で見上げてくる。

可愛すぎて、目眩《めまい》がしそうになった。

「こら、つばさ！　海月さんの膝に乗ってはいけないですよ」

「だってー」

まだ膝から下りないでくれと、つばさちゃんをぎゅっと抱きしめると、嫌がらずに、大人しく膝の上に収まってくれた。

田貫さんは眉尻を下げつつ、テーブルを片付けると、アイスクリームを差し出してくれた。

「栗の氷菓《ひょうか》です。どうぞ、召し上がってください」

「ありがとうございます」

つぶつぶの栗が入った、おいしそうなアイスクリームである。

遠慮なく、いただく。

つぶつぶの栗と、栗のペーストが練り込まれたアイスクリームは濃厚。舌の上に、深まった秋を感じる。

温泉豆腐を食べて少し汗ばんでいたのだが、栗のアイスクリームのおかげでちょうどよくなった。

「ごちそうさまでした。おいしかったです」

手と手を合わせて、感謝の気持ちを伝える。

おいしい温泉豆腐を通じて、どこかに置いてけぼりにしていた食を楽しむ心を取り戻せた。これからは、この気持ちを大事にしたい。

「こちらのほうこそ、つばさの相手をしていただいて、ありがとうございました。妹はこの通り、化けができないたぬきでして」

「そうだったのですね」

豆だぬきは小学校に入る前には化けの技術を習得するのが一般的だそうだ。けれど、つばさちゃんは七歳になっても人間の姿に化けられない、と。

「わたしは、別に化けられなくてもいい。つかさお兄ちゃんがいればいいんだ」

「つばさ、私も、ずっとあなたの傍にいられるわけではないのですからね」

「わかってる……」

化けを習得し、妖怪学校に入学する。そこで、豆だぬき達は人間界のルールを学ぶのだとか。

「妖怪学校、ですか？」

「ええ」

そこは、さまざまなあやかしが通う学校だという。

「妖怪しかいない学校ならば、人間に化けられなくても問題ないと思うのですが」

「姿形を自由にしたら、収拾がつかなくなるからでしょうね」

「そ、それはたしかに」

教室という限られた空間に、大小さまざまなあやかしがいたら、指導する側の先生も大変だろう。

田貫さんの話を聞いていたら、子どものときに触れた妖怪の記憶が甦る。

もちろん、実際に見たわけではない。どれも創作の世界だ。

「妖怪学校なんて、アニメや漫画の世界みたいで――って、すみません、初対面なのに、込み入った事情を話してしまって」

「いえいえ」

「というか、よく私達兄妹の話を受け入れてくださいましたね」

最初は驚いたし、その場から逃げ出しそうにもなった。

ここまでノコノコとついてきたのは、心が弱っていたのと空腹だったから。そのあとすんなり受け入れられた理由は、つばさちゃんとほのぼのとお喋りしていたからだろう。

「なんていうか、子どものときから童話が好きで、よく読んでいたんです。子だぬきが喋り出すなんて、とってもメルヘンじゃないですか？」

赤ずきんやおおかみと七匹のこやぎ、ウサギとカメにみにくいアヒルの子、ごんぎつねなど、動物が登場する童話が特に印象に残っていた。

「メルヘン、ですか？」

「ええ」

田貫さんはどこかホッとしたような表情を見せていた。しかしそれも一瞬で、すぐに首を傾げる。

「それにしても、不思議ですね。いくらつばさが連れてきたとはいえ、この宿は、結界の中にあって、普通の人間は入れないはずなんですよ」

「えーっと、もしかして、私、このあと記憶を消されます？」

「迷い込んできた人間には、そういった呪術《じゅじゅつ》を施します」

「そう、ですか」

冗談で言ったつもりが、どうやら本当だったらしい。つばさちゃんとの会話や、温泉豆腐やおじやの味を忘れてしまうのは残念だ。思わず肩を落としていたら、つばさちゃんが間に割って入ってくる。

「つかさお兄ちゃん、海月お姉ちゃんを追い出さないで！　ひとりぼっちなの！」

「ひとりぼっち、ですか？」

「離婚したばかりの、〝ばついち〟なんだって――もがっ！」

慌ててつばさちゃんの口を塞いだが、遅かった。

すべて、田貫さんに伝わってしまった。

「海月さん、もしかして、家を出てきたので、あのような大きなキャリーケースを持っていたのですか？」

「いや、その、まあ……」

「これから、海外旅行にでも行かれるのかと思っていました」

「いえ、単なる家出です」

「そうですか……」

田貫さんは何か考え込むような素振りを見せる。

「あの、どうかしましたか？」

「新しいお住まいは、決まっているのでしょうか？」

「いえ、まだですが」

「わかりました。しばし、ここでお待ちいただけますか？」

「は、はあ」

田貫さんは颯爽《さっそう》と去って行く。戻ってくるまでの間、つばさちゃんとお喋りをした。

それから十五分ほどして田貫さんが戻ってきた。

「お待たせしました」

「いえいえ」

ここで、思いがけない提案を受ける。

「よろしかったらここの宿で、仲居として住み込みで働きませんか？」

「え!?」

席を外した間、田貫さんは宿の責任者である女将さんに、私を採用してもいいか聞きにいってくれたようだ。

「あの、私、面接も何も、していないのですが」

「女将は、見ず知らずの豆だぬきを助けてくれる心優しい女性ならば、大歓迎だとおっしゃっていました」

「そ、そう、でしたか」

「ただ、働く時間は固定制ではなく、シフト制になります。それでもよければ、と」

シフト制というのは勤務日や休日が固定ではなく、出勤日が変わる働き方だ。宿には繁忙期や閑散期があるらしく、固定制よりもシフト制のほうが都合がいいらしい。

「もちろん希望があれば、閑散期に仲居以外の仕事もできるようにしてくれるそうです」

「それは、ありがたいですね」

どうしようか。かなり、魅力的に思えてならない。

ただ、こんな上手い話があるのかと疑ってしまう。

つばさちゃんが身をよじって田貫さんの拘束から脱出し、キラキラの瞳で私を見つめた。

眩しくなって、ウッと目を逸らす。

怪しいと疑ってしまった私の心が、痛んでしまった。

「海月お姉ちゃん、よかったね！　ここに住んでいいって！　わたしのお部屋で、一緒に住もうよ」

「ありがたいお話だけれど……」

　仲居の経験なんてないどころか、外での労働は四年ぶりである。果たして、まともに働けるのだろうか。不安だ。

　ここで、スマホの音楽がけたたましく鳴った。いつの間にか、マナーモードが解除されていたようだ。

　電話の主は元夫、吉井である。

「お友達ですか？」

「いいえ、別れた夫です。何も言わずに出てきたので、文句を言いたいんだろうな、と」

　田貫さんは笑顔のまま、スマホに手を伸ばす。そのまま通話の拒否ボタンを押してくれた。履歴を見たら百回以上電話していたようで、軽いホラー映画のようだと思ってしまった。

　一応、離婚届を提出し、言われた通り家を出るという手紙は残してきた。それなのに、こんなに電話をかけてくるなんて、今更なんの用だろう。

「すみません、しつこい性格なんです。もしもここで働いていたら、宿に押しかけてきて、ご迷惑をかけるかもしれません」

「大丈夫ですよ、海月さん。ここにいたら、別れたご主人に見つかることは絶対にありません。そういうふうになっていますので」

「あ——！」

そういえば、ここは普通の人間には見えないと話していた。

「そういう点でも、うってつけの就職先だと思うのですが」

「ええ、ですが……」

やはり迷惑なのではないか。そう告げると、田貫さんは首を横に振った。

「ぜんぜん迷惑ではありません。人見知りをするつばさがここまで懐くあなたがいれば、私も安心します」

「つばさちゃん、人見知りなの？」

「えへへ、ちょっとだけ」

「いろいろありまして、つばさは心を閉ざしがちなのです。そんなつばさの話し相手になってくれると、とても嬉しく思います」

私がここにいたら、つばさちゃんのためにもなる。

その言葉には、心を揺り動かされた。

「どうか、お願いできないでしょうか？」

「海月お姉ちゃん、お願い、ここにいて！」

田貫さんとつばさちゃんが、同時に頭を下げた。

吉井に「ひとりでは何もできない」と馬鹿にされた私が、強く望まれる場所なんてここ以外にないだろう。

だから、私もふたりに向かって頭を下げる。

「えっと、ふつつか者ですが、どうぞよろしくお願いいたします」

深く、深く頭を下げた。

◇◇◇

「海月お姉ちゃん、こっち、こっち」

あれよ、あれよという間に、住み込みで〝花曇り〟で働くことが決まる。

建物は三階建てで、一階と二階がお客様用。三階が従業員用のお部屋らしい。

通常のお宿は、高い場所ほどいいお部屋とされているが、ここはあやかし専門のお宿。

太陽が出ている時間が活動時間でないあやかし達にとって、いい景色や日当たりは不要というわけらしい。

その中で、田貫兄妹はそれぞれ四畳半と六畳の和室を与えられているようだ。

四畳半の部屋がつばさちゃん、隣りの六畳が田貫さんの個室だという。

私はつばさちゃんの部屋に、一緒に住まわせてもらうことになった。

お風呂、トイレ、洗面所は共用。

プライベートな時間は、なるべくお客様と出くわさないように、注意して行動するようにと言われた。用事があるときも、こっそり部屋を移動するようだ。

つばさちゃんの部屋には、小さなちゃぶ台とテレビがあるばかり。人の姿に化けられないので、家具などがないほうが暮らしやすいからだ。

「すみません。急な話でしたので、布団の用意などなく……」

「畳の上でも眠れますので」

「海月お姉ちゃん、大丈夫だよ。わたしのお布団に入ってもいいから」

「つばさちゃん、ありがとう」

共同風呂の他に、二十三時から一時間だけは、お客様用の温泉にも入っていいらしい。掃除する前の時間帯で、特別に許可されているようだ。

至れり尽くせりである。

「今日のところは、温泉に浸かってゆっくりお休みになってください」

「何から何まで、ありがとうございます」

その後、先ほど見かけた仲居さん——田代《たしろ》さんの案内で温泉に入らせてもらった。

六畳ほどの浴室は、宿の温泉にしては広くない。タイルの床に檜《ひのき》の浴槽が置かれた、いかにも温泉、という風情である。

もくもくと、湯気が漂っていた。

温泉臭はない。色は無色透明で、泉質は少しとろっとしている。

効能は疲労回復、冷え性や打ち身、切り傷などなど。熱めのお湯が、疲れた体に沁み入るようだった。

お風呂から上がり、さっぱりした状態で部屋に戻る。扉を開くと、つばさちゃんが尻尾を振りながら出迎えてくれた。

「海月お姉ちゃん、おかえりなさい」

「ただいま」

「気持ちよかった？」

「とっても」

つばさちゃんは住み込みの中居さんと一緒に共同風呂に入っていたようだ。先ほどよりもずっと、毛並みはフワフワになっている。

気がつけば、日付が変わっていた。

相変わらず、鬼のように吉井から着信が入っている。

「海月お姉ちゃん、つかさお兄ちゃんに、お話ししてもらう？」

「ううん、大丈夫」

スマホを操作し、設定から吉井を着信拒否した。メールやメッセージアプリも同様に。

「これでよし、と。もう二度と、連絡できないようにしたから」

「本当？　よかった」

つばさちゃんはホッとしたのか、ふわーっと大きな欠伸《あくび》をする。

「つばさちゃん、もう寝ようか」

「うん！」

つばさちゃんと一緒に、布団に潜り込む。ホカホカと温かかったからか、つばさちゃんはすぐにうとうとし始める。

まさか、こんな夜を過ごすことになるなんて思いもしなかった。

簡単にこんな状況を信じていいものか、警戒心がなかったわけではない。

それに、〝花曇り〟のお客さんはあやかしだと言っていた。

もしかしたら、怖い思いをする可能性だってある。あやかしのすべてが、つばさちゃんや田貫さんみたいに優しい存在であるとは限らないのだ。

けれど、別れた夫より恐ろしくはないだろう。
きっと、これまでより楽しい毎日が待っているに違いない。
そんなわけで、私は豆だぬきのお宿〝花曇り〟で働くこととなった。
まずは、仲居見習いから。
新しい人生の、第一歩である。

第二話　ほっこり味しみ、豆腐の味噌汁

パワハラ夫の失礼千万な言動に堪忍袋の緒が切れ、思い切って離婚をした。

そのまま家を出たわけだったが、財産も家もなければ、頼れる人もいない。

そんな私は、子だぬきに導かれてあやかし宿〝花曇り〟にたどり着いた。

そして親切な田貫さんと、その妹であり、私を導いてくれた子だぬきであるつばさちゃんの誘いを受けて〝花曇り〟で働くことになったのだ。

人生、何が起こるかわからないものだ。なんて、しみじみ思ってしまう。


朝——温かい布団の中でまどろむなんて、贅沢な話である。

「ううん……」

身じろぐと、胸に抱くフワフワも一緒になって動いた。ここで、意識が鮮明になる。

フワフワはつばさちゃんだった。いつの間にか、密着して眠っていたらしい。

ゆっくり離れたが、つばさちゃんは目を覚ます。

「ふわー、もう朝？」

「みたい、だね」

「そっか。海月お姉ちゃん、おはよう」

「お、おはよう」

子だぬきと共に目覚める朝。

昨晩の不思議な体験は、どうやら夢ではなかったらしい。

むくりと起き上がり、カーテンを開く。空は澄み渡り、太陽がさんさんと地上を照らしていた。

昨日、一日中キャリーケースを引いて歩いたからか、体が悲鳴を上げている。全身筋肉痛だった。

それにしても、不思議だ。

ここは普通の人間には立ち入れない結界の中だというが、景色はこれまで見知った日本と変わらない。

あやかしだけの空間と聞いていたが、おどろおどろしい感じは微塵《みじん》もなかった。

「海月お姉ちゃん、着替えたら、顔を洗いにいこう」

「うん、そうだね」

布団をたたんで押し入れに詰め込む。キャリーケースを開き、パフスリーブのリブニットとスキニーパンツを取り出した。

素早く着替え、ボサボサな髪はポニーテールにする。その様子を、つばさちゃんはじっと見つめていた。

「つばさちゃんも、梳《と》かしてあげようか？」

「え、いいの？」

「いいよ。おいで」

膝をポンポン叩くと、つばさちゃんは嬉しそうにてててと走って跳び乗った。

フワフワの毛並みを、丁寧に優しく櫛で梳かしてあげる。気持ちいいのか、つばさちゃんの尻尾は微《かす》かに左右に動いていた。

「と、こんなものかな」

「海月お姉ちゃん、ありがとう！」

「もうちょっと待ってね」

「んん？」

キャリーケースの中から、襟回りにリボンが結ばれたワンピースを取り出す。ベルベットのリボンを外し、つばさちゃんに見せた。

「これ、つばさちゃんの首周りに結んでもいい？」

「え、いいの？」

「いいよ」

「ありがとう！　嬉しいっ！」

つばさちゃんはそう言って、ぴょんぴょん跳ね回る。

先ほど私が髪を結んでいるときに、羨ましそうな視線を感じたのだ。きっと、オシャレをしたいお年頃なのだろう。

リボンを結んだ姿を、手鏡で見せてあげる。

「うわー、可愛いリボン！　海月お姉ちゃん、ありがとう！」

「どういたしまして」

身支度が済んだら、洗面所に向かう。顔を洗って歯を磨いたあと、つばさちゃんの歯も磨いてあげた。

「海月お姉ちゃん、じゃあ、ごはんを食べにいこうか！」

「お客さんの部屋の前、通っても大丈夫？」

一階まで行くには、客室のある階を通らないといけない。なるべく、上り下りはお客さんが少ない時間に、と言われているのだ。

「うん、平気。みんなあやかしだから、あんまり朝は活動的じゃないんだ」

「そうなんだ」

ここは、あやかしが宿泊するお宿。人間の感覚は通用しないようだ。

ギシギシと音が鳴る廊下を通りすぎ、階段を下りていく。

木造の階段は一段一段が高く、傾斜も急だ。古い日本家屋は、だいたいこんな感じらしい。つばさちゃんは、四本足で軽々と下りていく。私も、筋肉痛の体であとに続いた。

三階から二階に下りて、客室をくるりと回った先に新たな階段がある。こちらは、お客様も使うからか、そこまで急な階段ではない。

そうしてたどり着いた一階。栗色の廊下の床板はピカピカで、見るからに手入れが行き届いているのがわかる。

朝食は一階の従業員用の食堂で食べるらしい。

「海月お姉ちゃん、こっちだよ」

食堂は二十畳ほどの畳部屋だった。室内用のシューズを脱いで上がり込む。

時刻は七時過ぎであったが、誰もいない。きっと宿泊客の朝食の準備をしているのだろう。

宴会用の大きなテーブルの中心に、鍋と炊飯ジャー、それからおかずが置かれていた。

「海月お姉ちゃん、ここにあるごはんを、食べていいんだよ。食器はここ」

つばさちゃんが前脚で指し示しつつ、いろいろと教えてくれる。

小さな戸棚には、茶碗や湯呑みが並べられていた。模様が豊富で、どれにしようか迷ってしまう。つばさちゃんとふたりで選んでいたら、背後から声がかけられる。

「おはようございます」

振り返った先にいたのは、田貫さんだった。爽やかな笑顔が眩しい。

日頃から和装なのか、紺の着流し姿で現れた。

日本人離れした美貌だが、和装が似合っている。

身長は百八十以上あるだろう。モデル並みのスタイルのよさだ。

毛先に癖のある髪に、優しげな垂れ目、すっきり通った鼻筋、薄い唇――改めて、イケメンだとしみじみ思ってしまった。

「ふたりとも、今から朝食ですか？」

「そうなんです」

「ご一緒しても？」

「もちろんですけど、田貫さん、お仕事は？」

「今日はお休みなんです。週に二日、休日があるのですよ」

〝花曇り〟には料理人が六名ほどいて、交代で休みをとると、田貫さんが教えてくれた。

つばさちゃんと選んだ茶碗にごはんを装《よそ》い、おかずの卵焼きと小松菜のおひたし、焼いたイワシを小皿に取り分けた。

田貫さんは味噌汁をお椀に注ぎ、お茶を淹《い》れてくれる。

つばさちゃんの分はお盆に並べて、畳の上に置いた。

「これでよし、と」

「食べましょうか」

「そうですね」

手と手を合わせて、いただきます。

つばさちゃんは、尻尾を振りながらはぐはぐと食べている。感想を聞かずとも、おいしいという気持ちが伝わってきた。

と、つばさちゃんを見守っている場合ではない。私も、いただかなければ。

まず、お味噌汁から。

出汁が……深い。なんと表現すればいいのか。上品で、ふんわりと包み込むような優しい味わいがある。

これは、かつおぶしの出汁だろうか？　はっきりとはわからない。

恥ずかしながら、インスタントの出汁で育った身なので、何の出汁かはよくわからなかった。

唯一わかるのは、これまで毎日作ってきた味噌汁なんて足下にも及ばないということ。

「お、おいしい。おいしすぎる……！」

汁を堪能したあと、具の豆腐を食べる。

表面がなめらかな豆腐は、驚くほど味噌汁に馴染んでいた。これぞ日本の朝食だと、しみじみ思ってしまう。

昨日も思ったが、豆腐が本当においしい。

温泉豆腐よりも、歯ごたえがしっかりしていて、大豆の風味も濃い気がする。

スーパーで売っている豆腐とは、味わいがまったく異なっていた。

感動のあまり涙がこみ上げそうになる。ぐっと、目頭を押さえた。

ふと、熱のこもった視線に気づく。顔を上げると、田貫さんと目が合った。

「すみません。不躾な視線を。あまりにも、おいしそうに食べていたものですから」

「いえいえ」

「その味噌汁、私が作ったんです」

「そうだったのですね。さすがプロの味です」

田貫さんは趣味も料理らしく、休日でも台所に立っているらしい。こうしてまかないを作る日もあるのだとか。

お椀に入った味噌汁を眺めていたら、ふと気づく。豆腐の角が崩れておらず、美しいさいの目になっていることに。

「あの、この豆腐、どうしたらこんなにきれいに切れるのですか？」

「普通に切っているだけですが」

「ええっ」

四年もの間、ほぼ毎日豆腐をカットしていたものの、いっこうに上達しなかった。

豆腐の角はいつも崩れてボロボロだったのだ。

ここで田貫さんから思いがけない豆腐の切り方を聞く。

「豆腐は手のひらの上で切ったら、きれいに切れますよ」

「えっ、まな板の上ではなく、手のひらに載せて切るのですか？」

「ええ。そのほうがまな板も汚れませんし、手早く鍋に入れられるので」

「はー、なるほど。でも、手が切れたりしませんか？」

「包丁は引くと切れますが、刃を当てただけでは皮膚は切れません。ですから、包丁を真上から垂直に下ろすように豆腐を切れば、手が切れることはありませんよ」

なるほどそうだったのか。手の上でカットするなんて、思いつきもしなかった。だが、それが正解というわけではないという。

「切りやすいやり方でいいと思います。崩れていても、味に大きな変化はありませんし」

「そうですよね」

「家庭料理なら、そこまで気にする人はいないと思いますよ」

残念ながら、味噌汁の豆腐が崩れていると気にする男がいるのです。

思わず、遠い目で明後日の方向を見てしまった。

「海月さん、もしかして、別れたご主人に意見されたことがあるのですか？」

「な、なんでわかったのですか？」

「顔を顰《しか》めていらっしゃったので」

額に触れると、眉間に皺が寄っていた。

ぶんぶんと首を横に振って忘れようとするも、嫌な経験はすぐに消えてなくなるものではなかった。

せっかく離婚できたのに、元夫とのやりとりが脳裏にこびりついている。まるで、呪いのようだ。

私の意識を入れ替えるしかないのだろう。

「そうだ。お昼に、味噌汁を作ってみませんか？」

「私が、ですか？」

「ええ」

正直、料理に自信はない。けれど、プロの料理人である田貫さんから教わるのであれば、コツを掴めるのではないか。

吉井のせいで自信をなくした料理だけれど、これからは自分のために楽しみながら料理を作ってもいいかもしれない。まずは一歩、前に踏み出さなければ。

「ご迷惑でなければ、よろしくお願いします」

「お任せください」

田貫さんはにこにこ微笑んでいる。

「あの、せっかくのお休みなのにいいんですか？」

「料理は好きなので大丈夫です」

「そうですか。では、お言葉に甘えて。貴重なお休みを、私のために使っていただき、恐縮です」

「今日は特に予定は入れていなかったので。朝食の味噌汁も、好きで作ったのです」

何から何まで優しすぎる。うっかり涙が出そうになった。

心配をかけてしまうので、ぐっと堪《こら》えたが。

「食後は、あやかしについて説明をさせていただきます」

ここは普通の人は立ち入れない、不思議な空間である。まだ、ピンときているわけではないが。

「全部食べた！」

つばさちゃんが瞳を輝かせながら空になったお茶碗を見せてくる。口の端に米粒を着けていたので、手に取って食べさせてあげた。ついでに、口も拭う。

「えへへ。海月お姉ちゃん、ありがとう」

「どういたしまして」

それから田貫さんと食器を洗う。つばさちゃんは布巾で食器をきれいにしてくれた。前脚を使って、ごしごしと拭くのだ。器用なものだと感心する。

そのまま従業員の休憩室であやかしについての説明を受けることになった。居住《いず》まいを正し、話を聞く姿勢を取る。

つばさちゃんも同じようにピンと背中を伸ばして座ったので、微笑みを浮かべそうになったがぐっと我慢した。

「海月さんは、あやかしという存在をどういうふうに捉えていますか？」

「そうですね……。アニメや童話の影響なのですが、人間を脅して楽しむ存在だと認識しています。間違っていたら、すみません」

「いいえ、謝らないでください。その認識で、間違っていません」

田貫さんは、あやかしについて丁寧に説明してくれた。

「その昔、あやかしは人間の恐怖心を糧として存在していました。人があやかしを恐れ、恐怖を抱くほどそのあやかしは力を付けていったんです。有名な鬼や天狗は、そういう人間の恐怖からどんどん力を付けてきたと言われています」

しかしながら、あやかしが人間を脅かし、力を付けるというサイクルが通用しない時代が訪れる。

「平安時代くらいからでしょうか。海の向こうから、陰陽術《おんみょうじゅつ》が伝わってきたのです」

陰陽師《おんみょうじ》の存在は本や映画などで知っていたが、それとあやかしは、どんな関係があるんだろう。

「陰陽術は日本に伝わったあと、その技術に日本の文化が織り交ぜられて独自の変化を遂げたんです」

そんな陰陽師の出現により、あやかしの状況は大きく変わったと、田貫さんは説明を続ける。

「あやかしを祓《はら》う陰陽師が力を付け、われわれの祖先達は次々と滅亡に追い込まれていきました」

平安時代に人の世は大いに荒れた。

国内の争い事が終結したために、桓武《かんむ》天皇が軍隊を廃止し、死刑は嵯峨《さが》天皇が事実上廃止してしまったらしい。

その後、国内の治安は悪化の一途を辿る。

おまけに天変地異も頻繁に発生したことから、人々の暮らしは悪くなる一方だった。

その原因のすべてを、人はあやかしのせいだと決めつけてしまったのだ。

あやかしは瞬く間に悪の象徴となり、陰陽師に次々と祓われていった。

そんな中で、あやかし達は処世術を身につける。それは、驚くべきものだった。

「あやかし達は、人の世に紛れて暮らすようになったのです。特に、化けを得意とするねこやきつね、たぬきのあやかしは上手く人間界に溶け込んでいきました。そのため、現代まで生き抜くことができたんです」

そう言って田貫さんは、つばさちゃんを愛《いと》おしそうに見つめる。

「あやかしの中には、人間の血族に紛れ込んで生き抜いた者もいます。京都の長谷川《はせがわ》家は、特に有名ですね」

「その長谷川さん一家とやらには、あやかしの血が流れているのですか？」

「長谷川家は、平安時代に鬼と交わった一族だと言われています」

「えぇー！」

「もともと、鬼殺しとして有名な陰陽師一家だったのですが、長谷川家に婿入りした鬼の話はあやかしの中でも有名で、現代でも語り草となっているんですよ」

「どうして鬼は、人間の一族に婿入りしたのですか？」

陰陽師と鬼の、種族を超えた壮大な恋物語でもあるのではないか。そう期待して質問を投げかける。しかしながら、鬼が婿入りした理由は壮絶なものだった。

「鬼は敬愛する兄を長谷川家の者に殺されたんです。それで、復讐のために結婚した、と伝わっています」

角を生やした子どもが生まれたときに、長谷川家の人々は、婿として迎えた男が鬼であると初めて気づいたらしい。

「それから長谷川家は、鬼の血が通っていることを隠して暮らしているそうですよ」

ちなみに長谷川家はずっと陰陽師を続けていたようだが、明治時代に廃業してしまったそうだ。

今は、老舗の紳士服店として、全国各地の紳士から愛されるお店を開いているという。平安時代の異種婚姻譚が、現代にまで続いているなんて驚きだ。

「実は、私達兄妹の両親も、人間とあやかしなんです」

「そ、そうなんですか!?」

「ええ。観光中にこの宿に紛れ込んだ母が、父に恋をしたようで。まあ、そんなわけで、あやかしと人間の間柄は昔から切っても切れない関係にあったのです」

「なるほど」

ただ、人間界に上手く溶け込んでいるからといって、油断は大敵だという。

「陰陽師は、現代にも残っているのです」

その昔、陰陽師というのは天皇陛下にお仕えするほどの権力を持つ存在だった。しかしながら、大治《だいじ》二年に発生した大火災で陰陽師の本拠地は燃えてなくなってしまった。大事な道具も焼失してしまう。

以降、陰陽師という存在は凋落の一途を辿る。

明治二年に、陰陽師が所属する組織〝陰陽寮〟は廃止。

陰陽師という立場を捨てた者もいれば、陰陽師の呪術を継承しつつ裏家業として続けていく者もいたらしい。

「東京の街にも、いくつか陰陽師の一族が存在します。特に、浅草の永野《ながの》家は天皇に直接仕えていた一族であることから、現代でも積極的にあやかし退治を行っているそうです」

「人に紛れたあやかし達は、浅草に近寄らないようにしているのでしょうか？」

「そうですね」

あやかしと陰陽師の因縁は、現代にも続いているようだ。

「話を聞いていると、あやかし達は理由もなく陰陽師に退治されているように聞こえたのですが」

「まあ、そうですね。しかし、悪さをしていたあやかしがいたことは事実なのです」

と、田貫さんは悲しそうにその美しい顔を歪めた。

人間にも善人と悪人がいるように、あやかしにも善人と悪人がいると。

現代日本では、悪人は警察が取り締まる。しかしながら、陰陽師は善悪を見分ける術を持たない。

「そもそも、あやかしの姿を捉えることができる陰陽師は、一握りだったのです」

姿は見えないものの、あやかしが出現したと聞いたら呪術で捕らえ、問答無用で祓っていたと。

「その昔は、あやかしの善悪を見分けられる陰陽師がいたようですが、残念ながら現代にはほぼいないと言い切っていいのかもしれません」

「そうだったのですね」

そのため現代に残ったあやかし達は、人間界の片隅でひっそり生きているという。

「私達みたいに大きな力を持たないあやかしは、こうして結界の中で暮らしています」

同じように、人間界に溶け込んで暮らす者達が、のんびり過ごせるように建てたお宿がこの〝花曇り〟だという。

「ここにいらっしゃるお客さんは、皆、人間界での暮らしに疲れた者達。そんな方々を癒やすのが、私達のお仕事なんです」

つばさちゃんは誇らしげな様子で、胸を張る。ちなみに彼女は、〝花曇り〟の看板娘ならぬ、看板豆だぬきらしい。

微笑ましく思っていたが、ふと疑問が浮かんだ。

「あの、ひとつ質問なのですが、あやかし達は人間を恨んでいるのではないですか？」

「いいえ――と言いたいところなのですが、正直な話、人間に反感を抱くあやかしは多いです」

それでも、人間界に溶け込んで暮らしているあやかし達は、なんとか上手くやっているらしい。

「ここで働く豆だぬき達も、人間に住み処《か》を追われてやってきたものですから、友好的ではなかったですね」

けれど、ある日状況は変わったと、つばさちゃんが嬉しそうに話し始める。

「わたしのお母さんがここに来てから、みんな、人間に優しくなったんだよ」

「そうだったんだ」

あやかしと人間。友好のきっかけは、人間である兄妹の母親だったそうだ。

「母は明るく素直な性格で、悪意を悪意と受け取らない、なんというか、能天気な性格でした。それがよかったのか、豆だぬき達は優しく接するようになったようです」

次第に、以前のように人間を恨まないようになったと田貫さんがつばさちゃんの頭を撫でながら話す。

「でも、お母さん、死んじゃったの」

やはり、そうだったのか。成人した兄が妹の生活の面倒を見るなんて状況は、めったにないだろう。そのため、なんとなくそんな気がしていたのだ。

しょんぼりうな垂れるつばさちゃんを、ぎゅっと抱きしめる。

つばさちゃんはすがるように、身を寄せてきた。

「両親は二年前に、事故で死んでしまいました」

それから、兄妹身を寄せ合って暮らしてきたらしい。二年前といえば、つばさちゃんはまだ五歳。

悲しかっただろう。ぎゅっと、胸が締め付けられる。

「すみません、個人的な話をしてしまって」

「いえ」

「気分を入れ替えて、館内の案内をしましょうか」

「お邪魔にならないですか？」

「大丈夫ですよ。そこまで大勢のお客様をお迎えしている宿ではないので」

客室は十五ほどあるが、満室にならないように、お客さんの予約を受け付けているという。

「たまに、陰陽師に追われてここへ逃げてくるあやかしがいるんです。そんなあやかしを、お客様としてお迎えできるように、いつも二部屋は空けているのですよ。つばさ、案内を手伝ってくれますか？」

「うん」

つばさちゃんは私の膝から飛び降りて、しょんぼりしていた表情をキリッとさせる。

「こっちだよ！」

つばさちゃんが先導するあとを、田貫さんと共に続く。まず、案内されたのは受付。

着物姿の美人が座っていた。年頃は二十代後半くらいだろうか。マロンブラウンの髪を上品に結い上げた、口元のほくろが色っぽい女性である。

つばさちゃんに気づくと、笑みを深めていた。

「あら、つばさちゃん。どうかしたの？」

「海月お姉ちゃんを、案内しているんだ」

着物美人は私に気づくと、ぺこりと会釈する。田貫さんが紹介してくれた。

「彼女はフロント係の、田山奈子《たやまなこ》さん。田山さん、こちらの女性は、今度ここで働くことになる柳川海月さん」

「あら、人間がここで働くの？」

ちらりと、鋭い視線が向けられた気がした。しかしそれも一瞬で、美しい微笑みを浮かべる。

「柳川さん、よろしくね」

「よろしくお願いします」

ぺこりと会釈していたら、お客さんがやってくる。

ゾロゾロと入ってきたのは、たぬきだ。十四以上いるだろうか。「くうん、くうん」と甘い声で鳴きながら、入ってくる。

「あれは、たぬきの団体客!?」

「彼らは豆だぬきの眷属《けんぞく》である、ホンドタヌキですよ」

「あやかしではなく、野生のたぬき、ということですか？」

「そうですね」

ホンドタヌキ達はこの宿で豆だぬきの手伝いをするのと引き換えに、温泉に入ったあと食事をするらしい。

道に迷ったあやかしを案内したり、迷い込んだ人間を誘導したりと、いろんな仕事を担っているようだ。

なぜか、たぬきの団体が私の周囲にわらわらと集まってくる。

「えっ、可愛い……！」

威圧感を与えないようにしゃがみ込むと、たぬきに囲まれてしまった。頭を撫でてくれと、額を突き出してくる。

わしわし、わしわしと撫でてあげた。「くうん、くうん」と、喜びの声をあげているように聞こえた。

きちんと、列を作ってよしよし待ちできるところがお利口さんだ。

「よしよし、よしよしよしよし！」

「わー！　海月お姉ちゃん、わたし、つばさだよ！」

「あっ、ごめんなさい」

つばさちゃんがたぬきの団体に紛れていたようだが、まったく気づかなかった。よくよく見たら、ベルベットのリボンを結んでいるのに。もふもふの毛並みに覆われて、よく見えていなかったのだ。

「海月さん、そろそろいいですか？」

「あ、すみません」

つばさちゃんだけを抱き上げて、立ち上がる。

懐っこいたぬき達と別れて、次なる場所へと向かった。

旅館の職種は、思っていた以上にいろいろある。

お客様の世話をする仲居に、食事を作る板前、食器を洗う洗い場係、送迎をする車両係、夜間の見回りをする夜警などなど。

「あちらにいるのは、内務係を務める三つ子です」

昨日見かけた、顔がそっくりな三つ子の兄弟である。

彼らは内務係と呼ばれる、接客や掃除、配膳など、従業員の補助的な役割を果たしているようだ。

皆、髪型は今風のマッシュカットで、カラーはきれいなモカブラウン。

三人とも背丈が百八十以上はありそうで、韓流スターっぽい雰囲気だ。一卵性の三つ子らしく、顔かたちがそっくり。ただ、私に対する反応がまったく異なる。

ニコニコ微笑んでいるのは、長男の海人《かいと》君。

無愛想に顔を逸らしているのは、次男の空人《くうと》君。

照れくさそうにしているのは、三男の陸人《りくと》君。

見た目はそっくりな三つ子であるものの、態度で見分けることができそうだ。

「よろしくお願いします」

長男の海人君が代表して、丁寧な挨拶をしてくれた。

「最後は、女将さんを紹介するよ」

「おお、女将さん」

この〝花曇り〟を創業した、二百年の時を生きるあやかしらしい。昨晩、人間の私が住み込みで働くことを許してくれた御方でもある。

「海月さんのことは、昨夜のうちに女将に話してあるので安心してください」

私の心配を感じ取ったのか、田貫さんが笑顔で言ってくれる。

「ちなみに女将だけは、豆だぬきではなく――」

「なく？」

田貫さんは言葉を濁して、少し考える素振りをする。

「いえ、必要があれば、本人から説明があるでしょう」

そう言うと、田貫さんは再び歩き出した。

つばさちゃんの先導で、廊下を進んでいく。

立ち止まったのは、のれんがかけられた引き戸の前。ここが、女将さんの部屋なのだろうか。

入室する前に、田貫さんが注意を促す。

「女将は、強力な力を持つあやかしです。もしも具合が悪くなったら、おっしゃってくださいね」

「え？　具合が悪くなるって？」

再び不安に襲われた私に田貫さんが説明してくれる。これまで出会ったあやかしは、みんな人間くさかった。一方で、女将さんは昔ながらの典型的なあやかしで、気を引き締めておかないと、人間は同じ空間にいるだけで失神してしまう可能性があるという。

「海月お姉ちゃん、大丈夫？」

「た、たぶん」

「女将さん、優しいから、大丈夫だよ」

本当に大丈夫なのか。心配になった。

決心はできていないが、つばさちゃんが声をかけてしまう。

「女将さーん。海月お姉ちゃんを連れてきたよ」

部屋の奥から、「お入り」という声が聞こえた。

喉が酒焼けしたような、掠《かす》れた声だった。

田貫さんが戸を引く。部屋は洋風のつくりで、中にいたのは、ふっくらとした体型の、中年女性であった。

ひとり掛けのソファに優雅に腰かけ、煙管《きせる》を手にしている姿が実に様になっている。象牙《ぞうげ》色の着物に、紅葉の絵が描かれた帯をしめていた。濡れ羽色の黒髪を、アップスタイルに品よく結い上げている。

キリリとした眉に、垂れた目、丸い鼻はたぬきを思わせる。きゅっと引き締まった口元は、厳しさが滲《にじ》んでいるように見えた。

「あんたが、つばさを助けてくれた海月だね」

「は、はい」

「顔を、よくお見せ」

手招きされたので、じわじわと接近する。身をかがめるように命じられたので、その通りにした。すると、顎を強い力で摑まれる。

「う、うぐっ！」

「ふむ。現代人には珍しく、馬鹿正直そうな娘だね」

「は、はあ」

「夜中に、子だぬきを助けるなんて、実にお人好しだ」

「女将……」

遠慮のない言葉を諫めるように、田貫さんが声をあげる。

私はその通りだと思っているので、黙ったままでいた。

「あたしはね、何百年と生きる大妖怪と呼ばれる存在なんだよ。あんたみたいな小娘は、ぱくりと一呑みしてしまうかもしれない」

「や、やめてー！」

声をあげたのは、つばさちゃんだった。

女将さんの足下に駆け寄って、前脚でカシカシと着物を掻《か》いている。

高そうな着物だったが、引っかかれても気にも止めていないようだった。豪快に、「あはは！」と笑っている。

「ずいぶんと、つばさに好かれているんだねえ」

「お、おかげさまで」

「珍しく、つかさまであんたを気に入っているとは」

「へ？」

振り返って田貫さんの表情を確認しようとしたが、女将さんに顎を摑まれているのでびくともできなかった。

「ふふふ、あはは、面白い。このあたしを前にして、平然としているとは」

「お、お楽しみいただけたようで、何よりです……」

そんな言葉を返したら、女将さんはさらに笑い出す。

「あのアレクサンドラでさえ、あたしを見たら震えが止まらなかったというのに」

「アレクサンドラさん、ですか？」

「あの子らの、母親だよ」

なんと、つばさちゃんと田貫さんの母親は、フィンランド人だという。だから、田貫さんの髪や瞳、肌の色素は薄いのか。日本人離れしている美貌だと思っていたが、まさかフィンランドの血が流れていたとは。

一方で、ごくごく一般的な子だぬきにしか見えないつばさちゃんは、父親の血を強く継いでいるのだろう。

「あたしの妖気は強すぎるから、人間が見たらガクブル震えてしまうのさ。しかしあんたは、ぜんぜん怖がらない。なんでだろうか？」

「な、なんででしょうか？　女将さんよりも、別れた夫のほうが、恐ろしかったから、なのかもしれません」

そう答えると、女将さんはさらに豪快に笑った。

「ああ、おかしい。あんた八岐大蛇《やまたのおろち》とでも結婚していたのかい？」

「いいえ、ごくごく普通の会社員です」

「そうか。まあ、いい。アレクサンドラ以上にあやかしに耐性があるのならば、ここで働くに相応《ふさわ》しいだろう」

「ありがとうございます」

「しっかり働くように」

「はい！　頑張ります！」

ここで、やっと顎を離してもらった。

女将さんから解放されると、つばさちゃんは私にぎゅっと身を寄せて頬ずりしてくる。

あまりにも愛らしいので、そのまま抱き上げた。

「ちょっと覗かせてもらったけれど、あんたの魂は疲弊している。ここでおいしい食事を腹いっぱい食べて、温かい温泉に毎日浸かって、魂を労《いたわ》ってあげな。ここは、そういう宿だから」

「ありがとうございます」

女将さんはにっこりと、微笑んでくれた。

「さっきあんたは、頑張りますと言っていたが、ここでは頑張らなくてもいい。人生長いんだ。のんびり、楽しく、過ごすんだよ」

「はい」

優しいお言葉をもらい、感極まってしまう。深々と、頭を下げて女将さんの部屋をあとにした。

その後、三階の従業員用の台所にたどり着く。

田貫さんとつばさちゃんが、安堵したように深く長いため息をついていた。

「あれ？　私、何か女将さんの前で失礼しました？」

「いえ、何もなくて、安堵したのですよ」

「女将さん、一瞬だけ海月お姉ちゃんを食べようとしたから」

「えーー!?」

腰が抜けそうなくらい、驚いてしまう。つばさちゃんは「食べられそうになっても、お兄ちゃんが守ってくれたはずだよ」なんて言っているが……。

ガクブルと、震えてしまった。

田貫さんが、台所の端に置かれた椅子を差し出してくれた。ありがたく腰かける。

もうひとつ椅子を並べ、田貫さんも座った。

「私、もしかして、何か試されていたのかな？」

「おそらく」

女将さんはかつて、〝陰神刑部狸《いぬがみぎょうぶだぬき》〟という有名なたぬきのあやかしの眷属だったらしい。

陰神刑部狸はたぬきのあやかしの頂点に立つ存在で、あやかし全体の中でも上位の妖力を持つ存在だったようだ。

「陰神刑部狸の謂《い》われを、ご存じですか？」

「いいえ、存じません」

田貫さんは、神妙な顔つきで語って聞かせてくれる。

大昔、陰神刑部狸は城を守護する存在だった。だが、とある内戦で謀反に利用され、最終的に眷属共々封じられてしまった。

その際に女将さんは逃げ延び、各地を転々としていたそうだ。

その間、身も心も休まる瞬間がまったくなかったらしい。

「道ばたに倒れていた女将を、偶然通りかかった豆腐職人が助けてくれたそうで」

その豆腐職人は、豆だぬきが人間に化け、働いていた姿だった。

「売れ残りの豆腐をもらった女将さんは、酷く感動したそうです」

同時に、人の世に紛れて暮らすあやかし達の存在を知った。

「豆腐職人の豆だぬきは、人の世界で生きることに疲れていたようで」

その豆だぬきだけでなく、多くのあやかし達は陰陽師から逃れる日々に嫌気が差していた。

「そんなあやかし達が、疲れを癒やす場所を作ろうとして完成したのが、ここの宿、というわけなんです」

話だけ聞いていたら、女将の感動秘話だ。けれども、人間にとっては、優しい存在ではなかったという。

「母は女将を前にしたとき、震えが止まらなくなったあと、三日間寝込んだそうです」

女将さんの周囲には強い妖力が漂い、人間だけでなく弱いあやかしでも失神してしまうそうだ。

そんな事情があるので、普通の宿のように女将のお迎えはない。基本的に、女将は自分の部屋にいて、どっかり座っているのだとか。

「私、どうして平気だったんでしょう？」

「おそらく、海月さんは女将を恐れていなかったから、でしょうね。母は、会う前から怖がっていたそうですから」

あやかしは人が恐れれば恐れるほど、力を付けるという。そんなあやかしを恐れない人間は、強いのかもしれない。田貫さんはそう、結論づけた。

ひとまず、ここで働くのに問題はないとのことでホッと胸をなで下ろす。

時刻は十一時半。思っていた以上に、時間が経っていたようだ。

しっかり朝食を食べたものの、お腹が空いたような気がした。

「そろそろ味噌汁作りに取りかかりましょうか」

ここは従業員のプライベート用の台所で、休みの日などに自由に使っていいそうだ。広さは、四畳くらいか。調理台と大型の食器棚がどん、どんと置かれているので、なかなか圧迫感がある。ふたりいたら、ぎゅうぎゅうだ。つばさちゃんは、踏み台に跳び乗り、調理台に前脚をかけて覗き込んでいる。

田貫さんの、料理教室のはじまりはじまり、だ。

「まずは、出汁を取るところから始めましょう。海月さんは普段、出汁には何を使われていたのですか？」

「最初のころは、元夫が煮干しの出汁がいいと言うので、沸騰した湯に煮干しをどばーっと入れたものを使っていました」

「なるほど」

「ちなみに評価は『まずい』、でした」

吉井は「母さんの味噌汁は、もっと上品な味がする。母さんから味噌汁の作り方を習えばいい」と言った。

実家のおふくろの味、というものである。いろいろ思うところはあったものの、仕方なく思いながら義母に電話した。

そこで、衝撃の事実が明らかとなる。義母が作る上品な味噌汁とは、いりこの顆粒出汁を使って作ったものだったのだ。

その後、私は顆粒出汁で味噌汁を作り続けていた。その結果、吉井が言った言葉は「出汁とりが下手なりに上手くなったじゃないか」だった。

当然、顆粒出汁とは気づいていなかったのである。

と、そこまで思い出して、いやいや止めようと、首を横に振る。

過ぎたことより、これからのことを考えよう。そう思い直し、調理に集中した。

「話を出汁に戻しますね」

なんと、田貫さんは私の話を聞いただけで、なぜ味噌汁がまずくなったかわかったらしい。背筋をピンと伸ばして、話を聞く。

「煮干しは、苦みや雑味のもととなる頭とワタを取り除き、水に三十分ほど浸けてから煮出すのです。まずいと感じたのは、頭とワタのせいだったのかもしれないですね」

「そうだったのですね」

世の中の主婦は、大変な手間暇をかけて出汁を取っているわけだ。雑な出汁で、おいしい味噌汁ができるわけがない。

「ちなみに田貫さん、今朝の味噌汁の出汁は、なんだったのですか？」

「混合出汁です」

「こ、混合出汁……お恥ずかしながら、初めて聞きました。どういうふうに作るのか教えていただけますか？」

田貫さんはにっこり微笑み、混合出汁の作り方を教えてくれる。

「混合出汁の材料は、昆布とかつおぶしです。まず、昆布は表面をなぞるように、濡れ布巾で拭きます」

「え、昆布って、そのまま使えないのですか？」

「ええ。なるべく拭いたほうがいいでしょう」

田貫さんによると、海から上げた昆布は、小石を敷き詰めた干し場と呼ばれる場所で天日干ししてから乾燥させて出荷されるそうだ。

つまり、細かな汚れなどが付着している可能性が大いにあるというわけだ。

「そんなわけなので、昆布は一度拭いてから使うようにしているのですよ」

そういえば、昆布を水に入れたときに、何か表面に浮いているな、と思ったことがあった。あれはきっと、表面に付着していたゴミだったのだろう。ずっと、昆布の旨み的な何かだと思っていた……。

「それを知っていたら、絶対に昆布はそのまま使っていませんでした」

思わず、遠い目になってしまった。

「出汁作りの説明に戻りますね。表面を拭いた昆布を鍋に入れ、たっぷりの水に浸けます。三十分ほど経ったらそのまま火にかけ、鍋がぐらぐらする寸前に、昆布は取り出します。そのあと、かつおぶしをひとつかみ、鍋に入れ、沸騰したら火を止めて、かつおぶしが沈むのを待ってから漉《こ》す。これが、混合出汁の基本的な作り方です」

「おお！」

ちなみに、お店で出すような混合出汁の昆布は、一晩じっくり浸けるけるようだ。今回紹介してくれたのは、時間がない人のための簡略化した混合出汁らしい。

味噌汁として飲むのは一瞬だけれど、作るのは時間がかかる。味わい深い出汁というのは、時間と共に抽出された旨みがあるのだろう。

「煮干し出汁と混合出汁は時間がかかるので、今日はかつお出汁にしましょう」

「はい。よろしくお願いします」

ふと、つばさちゃんが大人しいことに気づく。振り返ると、丸くなって眠っていた。

「あ、昨日、私がいて夜更かししたから、眠たかったんだ」

「しばらく、寝かせておきましょう」

「ですね」

田貫さんの指導で、味噌汁作りを開始する。

「海月さんは、好きな味噌汁の具はありますか？」

「私は、ダイコンが好きです」

「いいですね。では、ダイコンと豆腐の味噌汁にしましょう。彩りをよくするために、ニンジンを入れてもいいですか？」

「はい、ニンジンも好きです」

「よかった」

田貫さんは冷蔵庫の野菜室から、立派なダイコンを取り出すと、頭のほう三分の一をカットした。

「ダイコンは葉に近い上のほうが甘くて、味噌汁や煮物に向いています。下のほうは辛みが強いので、ダイコンおろしにするとおいしいです」

ダイコンが場所によって味が違うなんて知らなかった。料理は奥深い。いろいろと、詳しく勉強してみたくなった。

「海月さんは鍋に水を入れて、火にかけてください」

「了解です」

田貫さんはスルスルとダイコンやニンジンの皮を剝き、短冊切りにしていく。

その包丁捌《さば》きにうっとり見とれてしまった。

「沸騰したら、火を止めてかつおぶしをひとつかみ、鍋に入れてください」

「はい」

そう言われて我に返った私は、ガスコンロの火を止めて、用意してあったかつおぶしを鍋に入れる。

「鍋の中で泳いでいるかつおぶしが沈んだら、漉します」

じっと、鍋の中を見つめる。かつおぶしのムーブを、じっと見守っていた。

かつおぶしが鍋底に沈んだので、ペーパータオルで漉す。

耐熱ガラスのボウルから、出汁の澄んだ様子が見て取れる。思わず、美しいと思ってしまった。

鍋からかつおぶしを取り出し出汁を戻してから、ダイコンとニンジンを入れてしばし煮込む。

野菜に火が通ったら、味噌を溶き入れる。

「豆腐が先か、味噌が先か。主婦の間で論争になるそうですが、好みでいいと思います。私は、味噌汁の豆腐はあまり煮込みたくないので、味噌を先に入れるんです。うちの宿は豆腐料理が自慢なので、豆腐の味を楽しんでいただきたいですからね」

「勉強になります」

「ただ、個人的には、料理に正解はないと思っています。各個人の口に合うものが、一番なんです」

その考えは大変すばらしい。

「味噌が馴染んだら、最後に豆腐を入れます」

豆腐カットの見本を、見せてもらう。

冷蔵庫の中から、食品保存容器に入った豆腐が取り出される。

蓋を開くと、豆腐は水の中にぷかぷか浮かんでいた。

「市販の豆腐みたいに、水の中で保存するのですね」

「ええ。水がないと、豆腐の形が崩れてしまいますので」

「なるほど」

水が、緩衝材代わりとなるようだ。

水にさらしたままだと豆腐のおいしさが抜けていく、なんて説もあるようだ。だが、この宿の工房では一日三回、食事のたびに豆腐が作られている。加えて、作ったその日に消費するようにしているので水に入れて保存しても大丈夫なのだとか。

さすが、豆腐のおいしいお宿である。豆腐に関しては、こだわりぬいているのだろう。

田貫さんは慣れた様子で、豆腐を摑んで手のひらに載せる。

そのまま包丁を入れると思いきや――驚くべき行動に出る。

なんと、豆腐を手でちぎって鍋に入れ始めたのだ。

「えっ、なっ、ど、どうして⁉」

思わず叫んでしまったが、慌てて口を押さえる。

背後で眠るつばさちゃんを振り返ったら、まだ夢の中だった。ホッと胸をなで下ろす。

「あの、田貫さん。どうして豆腐をちぎって入れたのですか？」

「こうすると、包丁で切るより断面にでこぼこができて、表面積が大きくなるんです。そうなると豆腐に味噌汁の味がしみ込みやすくなるから、より一層おいしくなるんですよ」

「そ、そうだったのですね！」

驚いた。味噌汁の豆腐は丁寧にカットするより、豪快にちぎったほうがおいしくなるなんて。

「形がいびつなほうが、豆腐はおいしいんです」

「なんだか、勇気が出るお話です」

私も豆腐をちぎらせてもらった。やっているうちに、なんだか楽しくなる。

「田貫さん、これ、本当に大丈夫なんですか？　その、見た目とか」

「大丈夫ですよ。お椀によそったらニンジンの鮮やかさに目がいきますし、仕上げに万能ネギを小口切りにしたものを散らしたら、それなりに整って見えますので」

「さ、さすがです」

予想外の調理工程を経て、ちぎり豆腐の味噌汁が完成した。

「で、できた」

ここで、つばさちゃんは目を覚ましたようだ。

「お腹空いたー」

「つばさ、海月さんが作った味噌汁がありますよ」

「やったー！」

お昼は、シンプルにごはんと味噌汁と海苔という献立となる。

「海月さん、他に、おかずがなくて大丈夫ですか？　きんぴらごぼうとか、作れますけれど」

「十分ごちそうです」

これまで、料理をしたくないあまり、昼食はごはんと漬物とか、インスタントラーメンとかで済ませていた。それらに比べたら、出汁を取るところから始めるなんて、贅沢な昼食である。

椀に味噌汁を注ぎ入れ、万能ネギを添えてお盆に並べていく。

こうして装った状態を見てみれば、ちぎった豆腐は気にならない。ニンジンの橙色とネギの緑と調和が取れているように思えた。

台所には簡易的なテーブルと椅子があるので、ここでいただくことにする。

「では、いただきましょうか」

「いただきまーす！」

ドキドキしながら、ちぎった豆腐を口にする。

「んんっ!?」

驚いた。豆腐に味噌汁の味わいが、これでもかとしみ込んでいる。たしかに、朝食べた味噌汁よりも味が豆腐に馴染んでいた。

「海月さん、いかがですか？」

「とってもおいしいです。驚きました」

「それはよかった」

あっという間に、ペロリと食べてしまった。

お代わりは、卵入りの味噌汁を田貫さんが作ってくれるという。

「うわ、嬉しい！　私、卵入りの味噌汁、好きなんです」

「おいしいですよね」

「ええ！」

「わたしも大好き！」

私はとろとろの超半熟卵が好きだが、つばさちゃんはしっかり火が通った卵が好きで、田貫さんは普通の半熟卵が好みのようだ。

田貫さんは各々のリクエストに応え、絶妙な火加減で仕上げてくれる。

ほっこりした気分で、卵入りの味噌汁を飲む。

薄い白身の膜に、箸を刺す。すると、プッンと弾けて黄身がトロリと溢れてきた。これに、豆腐を絡めて食べる。

「し、信じられないほどおいしい！」

豆腐の味が、黄身という極上のソースを絡ませることによって一層まろやかになるのだ。それにしても、どうして卵と味噌汁の相性はいいのか。誰か、論文にまとめて発表してほしい。そう思ってしまうくらい、おいしかった。

食後はみんなで後片付けをしたあと、田貫さんがリンゴを剝いてくれた。すべて、皮をウサギの形にカットしてくれる。

「お昼からは何をしますか？」

リンゴを食べながら田貫さんに尋ねる。

「買い物にでも行きますか？　ここで暮らすために、足りない品もあるでしょう」

「言われてみれば、そうですね」

「わたしも行きたい！」

つばさちゃんが元気よく挙手したが、田貫さんが渋面を浮かべる。

「昨日、黙って出かけたので、女将さんから一週間の謹慎が言い渡されていたでしょう？」

「あ、そうだった」

つばさちゃんは耳をぺたんと伏せ、しょんぼりしていた。「暇だから、勉強でもしようかな」と呟く。

外出の際、つばさちゃんは田貫さんが持ち歩く鞄の中に入っているようだ。人間に化けられないというのも、大変である。

「そういえば、つばさちゃんは田貫さんが勉強を教えているのですか？」

人間に化けられないので、学校に通えないと聞いていた。いったいどうやって人間の言葉や知識を身につけているのか、気になってしまう。

「基本的には自主学習で、わからないところは私が教えるようにしています」

学びたいという意欲はあるようだが、自主学習では限界があるとのこと。なかなか思うようにはかどっていないらしい。

「なるべくつきっきりで教えてあげたいのですが、仕事との両立はなかなか難しくて」

「でしたら、私が教えましょうか？」

「海月さんが、ですか？」

「ええ。これでも、小学校の教員免許を持っているんです」

短大時代、小学校の教諭を目指して勉強に励んでいたのだ。

「母校に教育実習に行って、教員資格認定試験に合格して、採用試験にも挑んだのですが、採用には至らなくって」

小学校教諭普通免許状には、一種、二種、専修の三種類ある。

短大で取得できるのが二種。大学は一種で、大学院が専修。

一種や専修を持つ人のほうが採用されやすい、という話は聞いていた。

わかっていても、私はこれまで学んだことを活かしたいと、小学校教諭の採用試験に挑んだのだ。

結果は惨敗であった。

短大卒と大卒、院卒が同じ舞台でしのぎを削る戦場で、私は勝利を摑むことができなかったのだ。

小学校教諭になることを早々に諦めた私は、就職先を一般企業に定めた。

そこそこ有名な会社に入社し、一年も経たずに結婚した私を、周囲は幸せ者だと祝福してくれた。

しかし現実は——なんとも残酷なものである。

短大で習った課程を活かすのは今ではないか。困っている児童に手を差し伸べるのが、先生という存在だろう。

「私、学校の先生になりたかった……んだと思います。たぶん」

結婚生活を送る中で、未来への希望も夢も、擦り切れて忘れてしまった。

けれど、短大時代の私は、小学校教諭になることを望んでいたはずだ。

「つばさちゃんや田貫さんさえよければ、私に勉強を任せてもらえませんか？　その、毎日は難しいとは思いますが。可能な限り、頑張らせていただきたいな、と……」

突拍子もない提案だったのだろう。田貫さんとつばさちゃんはポカンとしていた。

「あ、すみません。もう、卒業してから四年も経っていますし、怪しい先生なんか必要ない――」

「わたし、海月お姉ちゃんにお勉強を習いたい！」

つばさちゃんはキラキラの瞳で、私を見つめる。

「私でいいの？」

「海月お姉ちゃんがいい！」

あとは、保護者の許可が必要だろう。田貫さんのほうをじっと見つめる。

「ご迷惑ではないのですか？」

「ぜんぜん。むしろ、経験のない私でいいのかと思うくらいで」

「願ってもないことです。どうか、よろしくお願いします」

そんなわけで、私は仲居の仕事の他につばさちゃんの先生を務めることとなった。


午後からは買い物はやめて、つばさちゃんの教材を見せてもらった。

「これが教科書！　こっちがノートで、これはドリル」

教科書やノートが入れられたランドセルは、つばさちゃんが田貫さんと選んだ品らしい。品のある菫《すみれ》色のランドセルは、つばさちゃんの自慢だという。

「可愛いね」

「でしょう？」

教科書は仲居をしている田代さんの息子さんが、一昨年使っていたのを譲り受けたものだ。わりとやんちゃに使っていたようで、表紙はボロボロ。中には落書きがしてある。典型的な男子愛用の教科書、といった感じだ。

「入学していたら、ピカピカの教科書が貰えたんだけどなー」

残念そうに呟くつばさちゃんを、ぎゅっと抱きしめる。

田貫さんから話を聞いたのだが、つばさちゃんが化けられない理由は両親の死を引きずっているからだろうと。

本人は気にしていない素振りを見せているが、心の中では人間に化けられない自分を責めているのかもしれない。

なんて言えばいいものか。余計な言葉はかけないほうがいいだろう。今、私ができることをするだけだ。

「つばさちゃん、私も先生をするのは初めてだから、同じ一年生だね」

「あ、そっか！　一緒だね」

「うん」

ひとまず、どこまで進んでいるか、ノートやドリルを見させてもらった。

国語はひらがなの習得から始まり、続いてカタカナ、漢字に移る。

つばさちゃんは夏休み明けくらいからカタカナの習得を始めたようだ。

小学校の教育課程から遅れているものの、たぬきの姿で勉強しているので十分な速さだろう。

ひらがなは丁寧に書かれているし、カタカナも間違いやすいシとツ、ヨとヲもきっちり書き分けていた。花丸をあげたい。

「これから、漢字を習う約束をしていたんだ」

「そっか。頑張らないとね」

「うん！　でも、文字がきれいに書けなくって……」

切なげな様子で、ノートに書き込まれた文字を見せてくれた。

「優真《ゆうま》君に、ミミズが這ったような汚い文字って言われてしまって」

「なんてことを」

優真君というのは、つばさちゃんよりふたつ年上の、田代さんの息子さんである。

あの年頃の男子は、照れ隠しに女子をからかってしまうのだろう。

「わたし、鉛筆をきちんと握れないから、いくら練習をしても、上手くならなくって」

つばさちゃんのたぬきの手は鉛筆を握れない。そのため、ベルトに鉛筆を取り付けたものを、前脚に巻いて文字を書いていたと。

実際に巻いて書くところを、見せてもらった。

「つ、ば、さっと。こんな感じで書いているの」

「わー、大変だ」

このやり方では前脚の負担も大きいだろうし、上達も難しいだろう。

「うーん、どうすればいいのか」

「平気！　字が汚くて、海月お姉ちゃんは読みにくいかもしれないけれど」

「つばさちゃんの字、汚くないよ。でも、体に負担がかかるから」

「そ、そっかあ」

「手を、見せてもらってもいい？」

「うん、いいよ」

つばさちゃんの小さな前脚に、そっと触れる。ぷにぷにと柔らかな肉球に、フカフカの毛並み、それからペン先みたいに鋭く尖った爪――と、ここである可能性に気づく。

「そうだ！　いいことを思いついた」

「ど、どうしたの？」

「つばさちゃん、爪先にインクを付けて、文字を書いてみたら？」

「爪を使って、文字を？」

「うん。どうかな？」

「そんなの、思いつかなかった！　やってみたい」

道具を使うよりも、爪先を使ったほうが書きやすいだろう。

墨汁やインクは、残念ながら持っていない。

そもそも、それらは体への影響はない安全なものなのか。

爪に影響がないものを――と考えて、ふと思いつく。

「そうだ。マニキュアで試してみよう」

ひとまず、離婚とともに家から持ち出したネイルセットをキャリーケースから取り出した。黒に近い、紫色のネイルがいいだろう。

「まずは、ベースコートを塗って爪の保護をするね。臭いとか大丈夫？」

「うん、平気」

つばさちゃんの右爪に、ベースコートを塗っていく。

ベースコートを塗り終わったら、フーフーと息を吹きかけて乾かす。

「と、こんなものかな」

つばさちゃんの爪先に、マニキュアを付けてみた。この状態で、ノートに文字を書いてもらう。

「つ、ば、さ……。わっ、書きやすい！　力を入れずに文字が書けるなんて！　嬉しい！」

「本当？　よかった！」

マニキュア大作戦は、大成功だった。

つばさちゃんは力を込めずとも文字が書けるのが嬉しいようで、スラスラと爪先を動かしていた。

「これだったら、絵も描けるかも！」

これまで、思うように絵が描けなかったので、避けていたようだ。

「嬉しい！　本当に、嬉しい！　海月お姉ちゃん、ありがとう！」

「どういたしまして」

マニキュアではきちんと文字が書けないだろうから、体に影響のないインクがないか田貫さんに聞いてみよう。

「これから、楽しく勉強できそう！」

そんなつばさちゃんの発言を聞いていると、純粋だった短大時代の気持ちを思い出す。

教壇に立って、勉強を教えたくて教師を目指していたのだと。

就職活動や結婚生活で、これらの感情は心の端に、端にと追いやられていたのだろう。

夢を叶えてくれたつばさちゃんには、感謝しないといけない。

第三話　外はカリカリ中はフワフワ、豆腐ドーナツ

豆だぬきのお宿〝花曇り〟にやってきて三日目。今日から仲居として働くのだ。

仕事着は上下分かれた薄紅色の着物に、前かけをかける。

着物と聞いて構えていたが、ひとりで着られそうな構造だったのでホッと胸をなで下ろした。

私を教育してくれるのは、初日に出会った田代さん。

「海月ちゃん、よろしくね」

「はい、よろしくお願いします」

田代さんは江戸川《えどがわ》区から〝花曇り〟まで電車で通っている。人間に化けるのはお手の物で、これまで豆だぬきだと疑われたことは一度もないそうだ。

食品メーカーに勤めている旦那さんも同じ豆だぬき。

息子の優真君は小学三年生。生意気盛りで、学校に呼び出されることもしばしばあると田代さんは嘆く。

「ここに遊びにきたがるけれど、つばさちゃんをからかって遊ぶから、もう来るなって

言っているのよね」

「その辺、難しいお年頃ですよね」

「そうなの。たぶん、つばさちゃんが好きなんだと思うのだけれど」

「きゃー、甘酸っぱい。そういうの、ドキドキしますね。でも、からかって遊ぶのはいただけません」

「本当に」

両親は共働きで、可能であれば職場に呼んで田代さんの監視のもとで宿題でもさせたいようだが、集中力が続かずにつばさちゃんをからかってばかりなので、自宅で留守番をしているという。

「だったら、私が優真君の宿題を見ましょうか？」

「え、いいの？　あ、待って。つばさちゃんがうちの子が一緒になるの、嫌って言うかもしれないわ」

「あ……そ、そうですね。すみません、思い至らずに」

「いえ、いいのよ」

「だったら一度、つばさちゃんに聞いてみますね」

なんとなく、優真君について語るつばさちゃんの様子から、嫌っている感じはしなかった。おそらくだが、受け入れてくれるだろう。

「メインはつばさちゃんになりますが、それでよろしければ」

「海月ちゃん、ありがとう！　すっごく助かる」

いたずら盛りの男児をひとり家に残すのは、不安しかなかったらしい。

現に、暇を持て余した結果、いろいろやらかしているのだとか。

「洗濯機に洗剤をひと箱投入して泡だらけにしたり、掃除機のゴミをぶちまけたり、食器を豪快に割ったり。どうしてそんな行動を思いつくの？　って頭を抱えるくらいで――」

児童クラブに預けていた期間もあったそうだが、他の子どもと大喧嘩をしてしまい、結局辞めてしまったようだ。

「うちの子、落ち着きなくって、将来が心配になるわ」

「大丈夫です。教育実習のときに現役の先生方から聞いたのですが、クラスにひとりかふたりはそういう児童がいるそうなので」

そういった子が大人になったら立派になって、今は部下を従えているなんて話を先生がしてくれたのを思い出す。

心配せずとも、子どもは学校という社会に揉まれて成長する。時には黙って見守っておくのも、親の役目だろう。なんて、短大時代に読んだ本の受け売りだけれど。

「と、すみません。長く話し込んでしまって。指導、お願いします」

「ええ、こちらこそよろしくね」

仲居の朝の仕事――それは朝食の配膳から始まる。

部屋での食事を希望されているお客様のもとに運んだり、食堂で朝食をとるお客様のお世話をしたりと、朝から休む間もなく仕事があるらしい。

田代さんの他にも多くの仲居が働いていて、キビキビと無駄のない動きを見せている。

お客様は基本的に、人間ではなく元のあやかしの姿である。

人間に化け続けるのも大変なので、宿でゆっくりするときくらい元の姿に戻りたいようだ。

そんな事情があるため、宿ですれ違うのはたぬきやきつね、ねこばかり。一見して、可愛らしいお客さんだらけである。

河童や一反木綿《いったんもめん》、ぬりかべに出会えるのかと期待していたのだが、それは叶いそうになかった。

化けを得意としないあやかしは、時代と共に姿を消していっていると田代さんが教えてくれた。

「海月ちゃん、人間なのにあやかしに物怖《ものお》じしないのね」

「すみません、好奇心が旺盛なんです」

子どものときから絵本やアニメで妖怪に慣れ親しんでいたので、ついついデフォルメされた可愛らしい存在だと信じてしまうのだ。

だから可愛いきつねやたぬきが普通に闊歩《かっぽ》している〝花曇り〟は、私が働くのにうってつけの場所だと言える。

「ごめんなさい、お喋りばかりで」

「いえいえ。お話、興味深いです」

厨房は思っていたよりも広い。大きな観音開きの業務用の冷蔵庫に、大人五人が並んで料理できそうな調理台、大型のガスレンジにフライヤーなどなど、最新式の調理器具が並んでいた。

宿の外観や内装は古風だが、台所だけは現代風だ。そんな厨房では、三人の料理人がテキパキと調理している。その中に、田貫さんの姿を発見した。

小判帽子に調理白衣をビシッと着こなした姿は、和装とは違ったカッコよさがある。

豆腐を手に取り、包丁を入れる横顔は真剣そのもの。

お客様をもてなすため、真心を込めて調理しているように見えた。

胸が、どきんと跳ねる。

人が情熱を燃やす瞬間を、目の当たりにしたからだろうか。

私も頑張ろうと決意を新たにした。

完成した料理をおいしく召し上がってもらえるよう、笑顔でお客様へ届けた。

朝食の時間が終わると、今度は田代さんについて回ってチェックアウトした客室の掃除をした。

意外と力仕事も多く、まだ半日しか働いていないのにくたくたに疲れてしまった。

結婚して四年もの間ほぼ家にいたので、シンプルに運動不足なのだろう。

もっとも忙しかったのは、昼食の時間帯。

宿泊客だけでなく、外からランチを食べにやってきたお客さんの接客もしないといけなかったからだ。

化けぎつねの団体客がやってきたときは、声を飲み込んだ。

とてつもなく可愛かったが、ほっこりしている場合ではなかった。

昼のピークを過ぎたあと、ぐったりしている私に田代さんが声をかけてきた。

「大丈夫？」

「すみません。たった半日で、バテてしまって」

「慣れないうちはこんなもんよ。大丈夫、次第にできるようになるから」

「頑張ります」

早番の日は午前中から午後にかけて仲居の仕事をして、夕方からはつばさちゃんの勉強を見るようになっている。

どちらも中途半端にならないよう、しっかり務めなければ。

昼食はつばさちゃんや田貫さんと食べる約束をしていた。つばさちゃんの部屋に用意してあるというので、階段を上って部屋に向かう。

「お待たせしました」

すでに、つばさちゃんと田貫さんは部屋で待っていた。

つばさちゃんが昼食の説明をしてくれる。

「お昼は、おいなりさんと、豆腐と鯛《たい》のつみれ汁、それから肉豆腐だよー」

「わー、おいしそう。お昼から豪華だ」

「いなりとつみれ汁は、日替わり定食の余り物ですが」

「あ、もしかして、今日化けぎつねの団体さんがいたから、いなり寿司だったのですか？」

「そうなんです」

山のように積んであったいなり寿司が、瞬く間になくなっていくのは爽快だった。化けぎつね達がおいしそうに食べていたので、私も食べたいと思っていたのだ。

「海月さん、つばさも、たくさん食べてくださいね」

「はい！　いただきます」

「いただきまーす！」

たくさん動き回ったので、お腹がペコペコだ。さっそく、いただく。

まずは、いなり寿司から。手で持ち上げたときにふと気づく。いつも食べているいなり寿司と、形が異なっていることに。

「そういえば、このいなり寿司、三角なんですね」

母が作るいなり寿司は俵型だったので、なんだか新鮮な気持ちで眺めてしまう。

「それは、きつねの耳に見立てて三角にしているのですよ」

「なるほど！」

言われてみれば、三角形のいなり寿司は色も形もきつねの耳にそっくりである。

「もともといなり寿司は、稲荷神の神使《しんし》であるきつねにお供えするために作られたものなんです。最初はきつねの好物である小動物を油で揚げたものをお供えしようとしていたのですが、神の使いに生き物を与えてはいけないと気づいたようで。苦肉の策として、油揚げの中に酢飯を詰めたものをお供えしたところ、神使きつね達は大いに喜んだそうです」

「そんな伝承から、いなり寿司と呼ばれるようになったのですね」

「ええ、そうみたいです」

「宿に来る化けぎつねは稲荷神の神使ではないものの、いなり寿司は大好物なんですよ」

「うう、いなり寿司が大好物なきつね達、可愛すぎます！」

「特に、三角形にカットして作ったいなり寿司を好むようです」

なんだかほっこりするエピソードである。

三角形のいなり寿司に、ぱくりとかぶりついた。油揚げの味付けはあっさり風味。中は五目飯だった。

普段食べていたのは、甘辛く炊いた油揚げに、胡麻を混ぜた酢飯を詰めたものだった。その味の違いに驚く。

「いかがでしょうか？」

「おいしいです！」

五目飯が濃い目の味付けなので、油揚げの薄味がちょうどいい。一気にふたつも、食べてしまった。

続いて、豆腐と鯛のつみれ汁をいただく。

鯛のすり身に、豆腐を混ぜて作ったお団子が入ったすまし汁だ。

豆腐を混ぜたことによって、お団子はふわっふわだ。上品なすまし汁が、よく合う。

「田貫さんの料理って、味付けがお上品ですね。とってもおいしいです」

「京風の味付けなんです。お口に合ったようで、嬉しいです」

「でもどうして、京風なんですか？」

「化けたぬきやきつねの本場は、あちら側ですからね。京風の味付けのほうが好まれるのですよ」

「なるほど！」

つばさちゃんは尻尾を左右に振りながら、はぐはぐと料理を食べていた。

たくさん食べて、大きくおなりと心の中で成長を願う。

続いて、肉豆腐をいただく。

忙しい時間を乗り切った田貫さんが、わざわざ作ってくれたひと品だ。

肉豆腐の具は大きめにカットされた豆腐、牛肉、しらたき、長ネギ、彩りにキヌサヤが添えられていた。

信じられないくらい豆腐に味がしみ込んでいておいしい。牛肉もいいお肉なのだろう。

柔らかくって、白いごはんがモリモリ進みそうな味付けだ。

　どの料理も本当においしかった。用意してくれた田貫さんに感謝である。

　ここに来てからというもの、食欲が以前よりも倍増していた。結婚して四年間で十キロほど痩せたので、ちょうどいいのかもしれない。

　食事を終えたあと、つばさちゃんに優真君との勉強会について尋ねてみた。

「つばさちゃん、あのね、今日、優真君のお母さんとお話ししたんだけれど」

　優真君の名前を出した途端、田貫さんの眉間に皺がぐっと寄った。しかしそれも一瞬で、私が田貫さんのほうを向いたときには笑顔を浮かべていた。

「えーっと、それで、つばさちゃんと一緒に、勉強するのはどうかなって思ったんだ。その、どうかな？」

「反対です」

　つばさちゃんではなく、田貫さんがきっぱりと拒否した。

「えーっと、田貫さん、それは、なぜですか？」

「優真は、つばさをいじめるのです。あまり、近づけたくありません」

「いじめじゃないよ」

　すぐに、つばさちゃんが否定した。

「優真君は、たぶん、わたしとの話し方がわからないだけなんだと思う」

つばさちゃんを前に混乱した結果、ついついいじわるを言ってしまうのだろう。

情緒は女の子のほうが先に成長するというが、だからといっていじわるな言動が許されるわけではない。

というか、こういうとき、女の子が我慢する必要はまったくないのだ。

「たしかに嫌だなって思うときはあるけど、嫌いじゃないよ。それに、海月お姉ちゃんが一緒なら、きっと大丈夫」

本当に、大丈夫なのか。

このままではいけない。つばさちゃんが我慢する、というのが永遠に続いてしまうから。どうすればいいのか、考えたらピンと閃《ひらめ》く。

「そうだ。もしも優真君が接し方を間違えたら、私がきちんと正します。だから田貫さん、認めてください！」

つばさちゃんと一緒に、乗り気ではない田貫さんを見つめた。

「わたし、前からずっと、優真君と仲良くなれたらいいなって、思っていたの」

つばさちゃんのその言葉を聞いた田貫さんは、手にしていた湯呑みを畳の上に落としてしまった。中身は入っていなかったようで、ひとまずホッ。

「田貫さん、この件は、私にお任せいただけないでしょうか？」

「しかし……」

「つかさお兄ちゃん、お願い！」

つばさちゃんは今までにないくらい、瞳をきゅるるんと輝かせて懇願する。

このお願いには、田貫さんも抗《あらが》えなかったらしい。

「わかりました。けれど、優真が少しでもつばさにいじわるをしたら、絶対に許さないので」

「大丈夫だって」

「どうして彼に対して寛大になれるのか、我が妹ながら理解できません」

田貫さんの兄バカな一面を垣間見る。

つばさちゃんの親代わりとなってから、過保護とは言わないが、ずっと守ってきた大事な妹なので、雑な扱いをする優真君が気に食わないといった感じだ。

「それでは、田代さんに聞いてみますね。いつから一緒に勉強するかは、未定で」

などと言っていたが、田代さんに伝えたところ、優真君はその日のうちに〝花曇り〟にやってきた。

つばさちゃんの部屋の扉を勢いよく広げ、元気すぎる挨拶をしてくれた。

「おい、つばさ!!　来てやったぜ!!」

もう秋だというのに、半袖半ズボン姿だ。

彼も豆だぬきだが、顔つきはどちらかというとねこっぽい。短い髪は、たぬき色であった。

覚悟はしていたがやんちゃという言葉を擬人化したような少年の登場に、圧倒される。

つばさちゃんも久しぶりだったらしく、目を丸くしていた。

てててと走ってきた優真君は、背負っていたランドセルを投げ捨ててつばさちゃんに大接近する。

私はつばさちゃんを守るために、サッと抱き上げた。

「ん、なんだ、このおばさん」

「お、おばっ……!」

優真君の何気ないひと言に衝撃を受けてしまう。生まれて初めて、おばさんと呼ばれてしまった。

小学生の男子から見たら、二十四歳女性はおばさんなのかもしれないが……。

まだまだ若いお姉さんでいるつもりだったので、言葉を失った。

呆然としていたら、つばさちゃんが物申してくれた。

「優真君、いきなりおばさんは失礼なんだよ」

「はあ？　おばさんにおばさんって言って、何が悪いんだよ」

「優真君は、知らない人がお母さんに対して、おばさんって呼びかけたら、嫌でしょう？」

つばさちゃんの言葉が、優真君の胸に響いたのだろう。唇を嚙みしめ、押し黙る。

「驚かせてごめんね。私は柳川海月っていうんだけれど、つばさちゃんに勉強を教えているの」

優真君のお母さんから、勉強を見てやってほしいと頼まれたことを丁寧に説明した。

するとわかってもらえたのか、座布団の上にどっかりと腰をおろす。

「一時間だけだからな！」

「優真君、ありがとう」

ふたりはそれぞれ、つばさちゃんの部屋のちゃぶ台にドリルを出して勉強を始めた。

しかし、優真君は十分ほどで「飽きた！」と叫び、流行のアニメソングを歌い始める。

それだけではなく、壁に立て掛けていたほうきを握って振り回し始めたのだ。

「優真君、危ないから、ほうきは置いて！」

「うるせー」

どたん、ばたんと暴れるので、埃が舞う。

優真君を相手にせず漢字の書き取りをしていたつばさちゃんだったが、「こほ、こほ」と咳き込み始めた。

それを見た私は、スッと立ち上がる。

優真君が剣道の素振りのように動かすほうきを、真剣白刃取りの如く受け止めた。

「な、何!?」

「この、青二才め！」

そう叫んで、ほうきを捻りあげる。優真君の手から離れたほうきを、奪い取った。

「えー、なんだ今の？　すげえ！　教えて！」

優真君の言動に、がっくりうな垂れる。

熱心に教えを乞われるのは真剣白羽取りではなく、学問であってほしかった。

それからも、集中力が十分しか続かない優真君の相手に手こずり、宿題を終わらせるのに二時間もかかってしまった。

その間、つばさちゃんは一度も集中力を途切れさせることなく、真剣に学習していた。

優真君はつばさちゃんの姿勢を見習ってほしい。

女子と男子でこうも違うとは。

短大時代、教育実習を担当したのは六年生だった。六年生の男子は、ここまで落ち着きがない子はいなかったように思える。

ある程度学年が上がったら、男子も落ち着くのかもしれない。

遊び疲れた優真君は、たぬきの姿に戻って眠ってしまった。

ぽんぽこりんのお腹が、寝息を立てるたびに上下に動いている。こうして眠っていたら可愛いのに、起きているときは悪童としか言えない。

「つばさちゃん、なんていうか、ごめんね」

「大丈夫。久しぶりに、元気な優真君だったから、嬉しかった」

「久しぶり？　いつもこうじゃないの？」

「うん。ちょっと前までは、しょんぼりしてたんだ」

なんでも、これまで田代さんは早番の五時間だけ働いていたが、優真君の進級をきっかけに八時間のフルタイマーになったそうだ。

「たぶん、優真君は、寂しかったんだと思う」

「そっか」

そういえばと思い出す。

小学生のとき、両親が共働きで自宅の鍵を持っている子がいて憧れた。

鍵の管理を任された子が、なんだかカッコよく思えたのだ。

勉強しなさいとうるさい親がいないなんて、最高ではないか。そう思っていたが、いいものではないと本人は言っていた気がする。

たぶん、その子は優真君と同じで、寂しかったのかもしれない。

毎日家にお母さんがいて、おいしい料理を作ってくれるのは当たり前ではない。

改めて、ありがたいものなのだなと思った。


仕事を終えた田代さんが、優真君を迎えにやってきた。

「海月ちゃん、ありがとう。本当に助かったわ」

「いえいえ」

目を覚ました優真君は、元気よく叫ぶ。

「海月、また明日な！」

「こら！　なんで呼び捨てするのよ！　海月さんと呼びなさい！」

「うるせー」

扉が閉まったあとも優真君と田代さんは廊下でしばらく言い合いをしていた。なんというか、仲がいい親子なのだろう。

嵐は去った。ホッと胸をなで下ろす。

「つばさちゃん、優真君とのお勉強、続けられそう？」

「うん、大丈夫だよ」

なんて優しい子なのか。眦《まなじり》に涙が浮かんでしまう。

私がつばさちゃんの立場だったら、「絶対に嫌！」と答えていただろう。

「じゃあ、明日からも、優真君のことをよろしくね」

「うん！」

先生として未熟な私が、ふたりの児童を抱え込んでも大丈夫なのか。心配であるものの、引き受けた以上は頑張るしかない。

何か集中させる方法を考えたほうがいいだろう。


夜——つばさちゃんが寝てしまってから、子どもの集中力についてスマホで調べたところ、小学生の低学年ならば集中力は十五分も保ったらいいほうらしい。

何かコツを摑んだら、一時間くらい勉強させることができるのではないか。そんなふうに楽観視していたが、難しいようだ。

集中力が欠ける原因として、空腹があげられていた。

たしかに、優真君がやってくるのは夕食前。お腹が空いているので、集中が続かないのかもしれない。

田代さんにおやつを与えていいか聞いてから、何か用意してみようか。

つばさちゃんを起こさないようにそっとキャリーケースを探ると、ホットケーキミックスを発見した。

すぐにひとり暮らしができるように、家にあった食材をいろいろ詰めてきたのだ。

このホットケーキミックスを使って、ドーナツでも作ろう。

明日の目標も決まったので、ゆっくり眠れそうだ。

「眠る前に、お風呂っと」

今日一日、慣れない作業をしたので、くたくたである。

温かい温泉にしっかり浸かって、英気を養った。


翌日、朝から田代さんに感謝された。

優真君の夜更かしに困っていたようだが、昨晩はぐっすり眠ってくれたと。

「声が嗄《か》れるくらい、毎日のように眠りなさい！　って怒っていたのよね」

「それはそれは、大変でしたね」

「大変なのは翌日なのよ」

「もしかして、夜更かしするから、朝が起きられないとか？」

「そう！」

毎日夜更かしし、翌日寝坊する。その繰り返しだったと。

「今日は自分で起きてきて、余裕のある時間に家を出たわ。毎日こうだったらいいんだけれど」

「ですねえ」

話を聞いていたら、子育ては私が思う以上に大変そうだと思ってしまう。

「あ、そうそう。今日、お勉強会の前に、おやつを出そうと思っているのですが、優真君、苦手なものとか、アレルギーとかはないですか？」

「ぜんぜんないわ」

「よかった」

「でも、甘えていいの？」

「はい！　私も小腹が空く時間帯ですので」

「海月ちゃん、ありがとう」

「いいえ」

今日も田代さんのあとを駆け回り、半日の仲居業務を終えた。

昼休みに、従業員用の台所でドーナツ作りに挑戦する。

ホットケーキミックスのパッケージには、ドーナツの作り方は書いてなかった。料理サイトを調べたら、何かレシピが載っているだろうか。

スマホで検索したところ、気になるドーナツレシピを発見した。

その名も、〝豆腐ドーナツ〟！

油を使うドーナツを、ヘルシーに仕上げるらしい。俄然、興味が湧いてくる。

豆腐は絹ごしを使うらしい。

〝花曇り〟の職人さんが作る豆腐は、一般向けに販売もしている。

昔ながらの売り方で、鍋やボウルを持っていくと、そこに豆腐を入れてくれるのだ。

ちなみに、豆腐は木綿も絹ごしも一丁二百円。国産大豆を使い、毎日職人さんが手作りしているので決して安くはない。

しかしながら、〝花曇り〟の豆腐は二百円以上の価値があると思う。おいしいだけではなく、体にも優しい。だからつばさちゃんと優真君のおやつには、〝花曇り〟の豆腐を使いたかった。そうと決めたら善は急げ。

さっそく、厨房の隣にある、豆腐を作る工房をそっと覗いた。

むわっと、熱気が漂う。

大豆でも炊いているのかと思っていたが、それだけではなかった。

「おい、一時も気を抜くなよ！　うまい豆腐を作るためには、情熱と熱気が必要だ！」

「はい、親方!!」

豆だぬきの親方と、五匹くらいの弟子が真剣な面持ちで豆腐を作っているではないか。

四本足で歩くホンドタヌキとは異なり、ここで豆腐を作っている皆さんは人間に化けずに、たぬきの姿のまま二本足で立って器用に道具を使って豆腐作りをしていた。

フワフワの毛並みの上に、職人さんが着ているような白衣をまとっている。

テキパキと働いている様子は、見ていて気持ちがいい。

工房の広さは十畳くらいだろうか。それほど広くはない。

大豆を茹でる大鍋に、豆乳を絞る装置、豆腐を浮かべるタイルの水槽など、豆腐作りに必要なものが並んでいた。

と、中の様子を眺めていると、弟子らしき豆だぬきが私に気づく。

「どうも！　あなたは、噂の人間ですね」

「ど、どうも。人間の柳川海月です」

「何かご用ですか？」

「絹ごし豆腐を、買いたいなと思いまして」

「ありがとうございます」

「親方、人間の柳川海月様が、絹ごし豆腐をご所望《しょもう》です」

「なんだとーー!?」

親方の大きな声に、びっくりしてしまう。

威圧感のある目線を向け、のし、のしと歩いてくる。

「おい、人間。お前、絹ごし豆腐がどんなものか、知っているのか？」

「えっと、なめらかなお豆腐、です」

「どうやって作るかまでは、理解していないだろう？」

「は、はあ」

「〝花曇り〟で働いているにもかかわらず、理解していないとは！　そんな輩《やから》に、豆腐を売るわけにはいかないっ！」

「そ、そんな、親分……！」

「親分じゃない！　親方だ！」

「す、すみません」

「まあ、いい。今から説明する。豆助《まめすけ》、この人間に絹ごし豆腐について教えてやれ」

「了解しました」

豆助と呼ばれた豆だぬきは、話を聞くためにしゃがんだ私にそっと接近し耳元で囁《ささや》く。

「あの、親方はあんなことを言っていましたが、お時間大丈夫ですか？」

「少々であれば、大丈夫かと」

「わかりました。手短にお話しします」

豆助君は背筋をピンと伸ばして立ち、絹ごし豆腐について教えてくれた。

「まず、豆腐には種類があるのを、ご存じでしょうか？」

「木綿豆腐と、絹ごし豆腐ですか？」

「そうです。他に、寄せ豆腐やざる豆腐、豆腐を作る工程で、おからや豆乳、湯葉などもできます」

「そんなにいろいろなものを作っているんですか？」

「豆腐はいろいろな種類がありますが、豆乳ができるまでの工程は、みんな一緒なんですよ」

豆乳の完成後からそれぞれの工程に分かれるらしい。

まず、寄せ豆腐はあつあつの豆乳ににがりを加えて冷やしたシンプルなもの。

ざる豆腐は、寄せ豆腐をざるに入れて、そのまま放置した状態で水分を切ったもの。

木綿豆腐は寄せ豆腐をくずして木型に入れて重石《おもし》を載せ、水分を切ったもの。

絹ごし豆腐は木綿豆腐よりも濃い豆乳に、にがりを加えて固めたもの。

「こんな感じで、同じ豆腐でもそれぞれ作り方が違うわけです」

「へー！　知らなかった！　なるほどなー」

話を聞いていたら、寄せ豆腐やざる豆腐が食べたくなる。なんだかおいしそうだ。

「あの、豆腐って、市販の豆乳からでも作れるのですか？」

「作れますよ。ただ、すべての豆乳で作れるわけではなくて、成分無調整の、大豆固形分が十から十三パーセント以上の豆乳でないと豆腐にならないのです」

木綿豆腐は十から十一パーセント、絹ごし豆腐は十二から十三パーセント必要なのだとか。

「なるほど」

「スーパーなどに、豆腐が作れる豆乳、みたいなものもありますので、探してみてください。できたての絹ごし豆腐は、とろっとろでおいしいですよ。オススメです」

「ありがとうございます」

一通り説明を聞いたあと、ちらりと親方を見る。

「おい、豆助、絹ごし豆腐を用意してやれ」

「了解です！」

持参してきた鍋に、できたての絹ごし豆腐がそっと流し込まれる。

真っ白な豆腐がぷかぷかと、水の中を漂っていた。

「えっと、二百円です」

「はい、二百円、ちょうどです」

「ありがとうございました！」

親方と豆助君、それから弟子の皆さんに会釈し、工房を出た。

中はずいぶんと蒸し暑かったようで、外の寒さがちょうどよく感じる。

「あれ、海月さん。どうしたのですか？」

絹ごし豆腐の入った鍋を持って廊下を歩く私を、田貫さんが呼びとめる。

「職人さんに、できたての絹ごし豆腐を売っていただいたのです。これから、豆腐ドーナツを作ろうと思いまして」

「そうだったのですか」

軽く、豆腐ドーナツを作ろうと思い至ったまでの事情を説明する。

「でしたら、お手伝いしてもいいですか？」

「え、いいのですか？」

「はい、ちょうど調理場の仕事が一段落したので」

「ありがとうございます。実は、初めて作るので、不安だったのです」

田貫さんという強力な味方を得て、豆腐ドーナツ作りが始まる。

従業員用の台所に、田貫さんとふたりで立つ。

「ホットケーキミックスがあるのならば、そこまで難しくはありません」

まず、ボウルに絹ごし豆腐を入れて、なめらかになるまであわ立て器でかき混ぜる。

ちらりと、田貫さんの横顔を盗み見る。

この前厨房で見かけたときと同じく、熱心な様子だった。

田貫さんは本当に、料理と真剣に向き合っているのだろう。

私も、情熱を燃やせるような何かを、ここで見つけることができるだろうか。

元夫から、何もできないと馬鹿にされた私が——。

「海月さん、どうかしました？」

顔を覗き込まれ、ハッとなる。料理を教わっている立場なのに、つい考えごとをしてしまった。

「すみません、なんでもないです。続きを、お願いします」

「わかりました。これに、ホットケーキミックスと砂糖を加えて混ぜます。豆腐の水分量にもよりますが、生地が少々ボソボソするようだったら、牛乳を加えたほうがいいかもしれません」

「牛乳、入れます」

そうやって教えてもらいながら生地を作っている間に、鍋に油を注ぎ入れ、温める。子どもでも食べやすいように、田貫さんと相談して、今回は一口大のドーナツを作ることにした。

「油が温まった鍋に、二本のスプーンで形を整えながら生地をゆっくり入れます」

「了解です」

油が温まったことを確認してから、ドーナツの生地をそっと落とすと、ジュワジュワと細かい泡とともにいい音がする。頃合いを見てひっくり返し、焼き色がついたら油を切って油切りの上にあげる。

ドーナツといえば、真ん中に穴があいているものをイメージするかもしれない。けれどこれは、生地がゆるいので型抜きは難しいという。そのため、つみれみたいに、一口大の大きさのドーナツにした。

田貫さんの指導のもと、豆腐ドーナツが完成した。

「あの、田貫さん！　揚げたてあつあつを、味見してみましょう」

「ええ」

たこ焼きのようにドーナツを爪楊枝に突き刺し、パクリと頬張る。

外側はカリカリ、中はフワフワ。おいしく仕上がっている。

「おいしい！　豆腐を入れると普通のドーナツとは、違った食感になるのですね」

「冷えたら、モチモチ食感になるのですよ」

「わあ、おいしそう。楽しみにしています」

そう言って最後に、深々と頭を下げる。

「田貫さん、ありがとうございました」

「いえいえ。つばさも食べるものですので、お手伝いできてよかったです」

「あと、調理の途中、ぼんやりしてすみませんでした」

「大丈夫ですよ。どうか、お気になさらず」

そう言って、田貫さんは穏やかに微笑む。しみじみと、いい人だと思う。

つばさちゃんと田貫さんの兄妹に拾ってもらって、本当によかった。

夕方からは、つばさちゃんに勉強を教える。

算数は得意なようで、昨日の書き取りのときよりも活き活きとしていた。

「算数は、ひとりでお勉強するのが難しかったから、海月お姉ちゃんが教えてくれて、とっても嬉しい」

可愛いことを言ってくれるつばさちゃんの頭を、わしわしと撫でてしまう。

なんて素直で真面目で、勉強に対する意欲があるのか。おまけに集中力もピカイチ。優秀な児童だ。

しばらくすると、優真君がやってきた。

「来てやったぜ！」

「わー、優真君だ！」

ここで、休憩時間にする。

つばさちゃんと優真君には、手を洗ってくるように言う。

ふたりを待つ間に電気ケトルでお湯を沸かし、ココアを淹れた。

ココアと一緒に出すのは、昼間に作った豆腐ドーナツである。

戻ってきたふたりに、おやつを出した。

「豆腐ドーナツを作ったの」

「甘い、いい匂いがする」

優真君はお腹が空いていたのか、嬉しそうにしている。つばさちゃんも、瞳をキラキラと輝かせていた。

「これ、食べていいのか？」

「どうぞ、召し上がれ」

優真君は豆腐ドーナツを手に取って、一口で食べた。

「むむっ、うまい‼」

「本当、おいしい！」

実に、おいしそうに食べてくれる。頑張って作ってよかったと、心から思った。

ドーナツを頬張るふたりを眺めていると、不思議と心が温かくなる。

本来、料理をすると、食べてくれる人から幸せな気持ちを受け取れるのかもしれない。

〝花曇り〟に来て初めて、料理を作って食べてもらう喜びを知った。

他にもいろいろ作れるようになって、いろんな人に食べてもらいたい。

そのためには、料理の修業が必要だろうが。

「あー、おいしかった！」

お口に合ったようで、何よりである。と、ほっこりしていたら、優真君が思いがけないことを口にした。

「これ、母ちゃんに作ってあげたら、喜ぶかな？」

「優真君が、お母さんに？」

「うん。母ちゃん、いつも疲れて帰ってくるんだ。夜ごはんを作るのはしんどいって、言っていて」

「そっか」

たしかに、くたくたになるまで働いたあとの夕食作りはきついはず。

優真君はお母さんを心配して、代わりに何か作りたいと思ったのだろうか。

ただ、低学年の男の子がひとりでできる料理は、限られている。

ドーナツは油を使うので、危ない。

「優真君、今度、一緒に料理を作ってみようか」

私が監督するならば、問題ないだろう。彼の、忙しい田代さんのために何かしたい、という気持ちは大切にしたい。

「いつ？　何時からする？」

「今日じゃないよ。優真君がお勉強を頑張ったら、考えるから」

「わかった！」

やる気を出した優真君が、勉強に集中してくれるのを期待していたが――想定外の事態となる。

宿題を前に、うとうとしだしたのだ。

「うわ、逆効果だ！」

つばさちゃんも、眠そうにしていた。お腹いっぱいになるまで豆腐ドーナツを食べたので、眠気に襲われてしまったのだろう。

「わー、寝ないでー、お願いー！」

目を覚まさせるために、最後の手段として所持していた教材を出す。それは、カレンダーの裏に書いたすごろくである。

学習すごろくの一種で、計算をしたり、歌を唄ったり、漢字を書いたりと、学習しながら遊べるものなのだ。コマやサイコロも、厚紙で作った手作りである。つばさちゃんが眠ったあと、こっそり製作していたのだ。

先ほどまで眠そうにしていたふたりだったが、すごろくが始まった途端に目を覚ましたようだ。

楽しそうに遊んでいる。

すっかり目を覚ましたあとは、優真君につきっきりで宿題をするように指導した。が、やはり集中力が続かない。今日は眠気にも襲われているので、余計に進まなかった。遊びを挟みつつ、なんとか宿題を終わらせる。

田代さんが迎えにやってきたので、笑顔で見送った。

扉が閉まった途端、その場に頽《くずお》れる。

男子ひとりを相手にするだけで、精根尽きてしまった。

「海月お姉ちゃん、大丈夫？」

「う、うん……」

通常小学校のひとクラスには、児童が二十名以上はいるのだ。その子達の相手を一日中することを考えただけでも、疲労感に襲われる。

学校の先生って、超人だ。

改めて、思ってしまう。これまで指導してくれた先生達の顔を思い出し、心の中で手を合わせ感謝した。


優真君と勉強を始めて十日ほど経った。

勉強だけでなく、料理をしたり、遊んだりして、打ち解けたような気がする。つばさちゃんも楽しそうで何よりだ。

大きな問題は起きていないと思いきや、田代さんが眉間に皺を寄せて小難しい表情を見せていた。

「あの、田代さん、どうかしたのですか？」

「海月ちゃん……ちょっとね」

「もしかして、優真君について、何かお悩みですか？」

「どうしてわかったの？」

「なんとなくです」

「やられたわ」

田山さんは、遠い目をしながら優真君についての悩みを語り始める。

「海月ちゃんとの勉強会がない日は、以前のようにいたずらしたり、夜更かししたりしてしまうの。何度言っても、聞かないのよね」

「なるほど。それは大変ですね」

あれから、お腹いっぱいになるまでおやつを与えていない。飴玉ひとつだったり、チョコレートをひと包みだけだったりと、少量をあげることにしている。

そのおかげか、ドーナツを食べたときのように眠そうになることはなかった。

結局、おやつを食べても集中力に変わりはないし、おやつ作戦は失敗だったのである。

「やっぱり、もう一度別の児童クラブに入れてみようかしら」

「うーん。前回のことを考えると、慎重に判断したほうがいいかもしれないですね」

「ええ」

「ひとつ質問なのですが、普段、優真君はどれくらいおやつを食べているのですか？」

「可能な限り、手作りのおやつを用意しておくようにしているの。昨日は、パウンドケーキをまるまる一本食べていたし、その前はカップケーキを六つも食べていたみたいで」

ここで、ピンとくる。

おそらく優真君はお腹いっぱいおやつを食べて、眠気に襲われていたのだと。

「優真君は夕方、田代さんがいない間は、眠っているんだと思います。だから、夜眠れないのかな、と」

そこで田代さんに優真君が豆腐ドーナツを食べて眠くなったときの話をした。

「そうだったの？　ずっとゲームをして、テレビを見ていたなんて言っていたから、信じていたわ」

いたずらについては、ある可能性が考えられる。

「優真君は、帰りが遅い田代さんのために、何かお手伝いしようと考えているのではないですか？」

以前、優真君が疲れて帰ってくるお母さんのために何かしたい、と言っていた話をすると、田代さんは驚いたような、嬉しそうな、複雑な表情を浮かべた。

「そう、だったのね」

おそらく、大人にとって意味のない行動に見えても、子どもにとっては意味があるのだろう。

優真君は忙しいお母さんを思って、お手伝いをしようと奮闘していたのだ。

残念ながら、結果は伴っていなかったようだが。

「だったら、児童クラブに入れている場合ではないわね。あの子が家にいる夕方は、なるべく家にいられるようにしないと。勤務開始時間を早くして、夕方前には帰れるようにできないか、女将さんに相談してみるわ！」

これからは、優真君と一緒に料理を作ってみたい、なんて夢を田代さんは語った。

「最近、料理に興味を持っているようなの。これまでは包丁を握っているときは近づかないでって言っていたんだけれど、そろそろ包丁を握らせてもいいのかもしれないわね」

「ですね。私も料理は勉強中で、わからないことがあったら、田代さんに聞くかもしれません」

「いいわ。なんでも聞いて」

田代さんはどんと拳で胸を打ち、笑顔を返してくれた。頼もしい先輩である。

「海月ちゃん、ありがとう」

「いえいえ」

「優真のこと、これからもよろしくね」

「もちろんです」

子どもと共に、親も成長するという話を聞いたことがある。

同じように、先生も保護者や児童と一緒に成長するのかもしれない。

先生一年目の私も、つばさちゃんや優真君と一緒に頑張って、いつか一人前になれたらなと思った。

第四話　ふんわり柔らか、豆腐ハンバーグ

〝花曇り〟にやってきて、早くも一ヶ月が経った。

クリスマスシーズンだが、豆だぬきのお宿は新年に向けていろいろ準備をしている。お正月は特別な豆腐を売るとかで、みんな忙しそうだ。今のうちに、体力作りをしておかなくては。

子ども達の勉強の時間が終わると、夕食の時間だ。今日の献立はなんなのか。ワクワクしつつ、つばさちゃんと一緒に従業員用の食堂へと向かった。

扉を開いた瞬間、声がかかった。

「海月さん、〝花曇り〟へようこそ！」

「う、うわー！」

〝花曇り〟で働く従業員の皆さんが、食堂に集まっていた。テーブルの上にはごちそうが並んでいる。

田代さんと優真君も座っていた。優真君は私と目が合うと、べーっと舌を出す。すぐに、田代さんに怒られているのを見て、笑ってしまった。

女将さんがやってきて、肩をポンと叩く。

「あんたの歓迎会をしたいっていうから、つかさとつばさを中心に準備していたんだよ」

「そ、そうだったのですね。驚きました」

つばさちゃんのほうを向くと、照れくさそうに「隠すの大変だったの」なんて言っていた。うっかり打ち合わせをしている場に居合わせていたようだが、まったく気づいていなかった。

田貫さんのほうを見ると、淡く微笑んでいる。

テーブルには豆腐を使った料理が並べられていた。つばさちゃんが説明してくれる。

「豆腐のヘルシーカナッペ、枝豆豆腐の冷や奴、豆腐のカプレーゼ、豆腐のナゲットに、豆腐グラタン、肉巻き豆腐に、豆腐ステーキ、豆腐ハンバーグ、豆腐のみぞれ鍋に、白和え、豆腐のイチゴケーキ、豆腐ドーナッツ！」

「す、すごい。豆腐のフルコースだ！」

豆腐料理の数々に見とれていたら、女将さんに腕を取られる。

「あんた、痩せすぎだよ。たっぷりお食べって、豆腐料理しかないじゃないか！」

女将さんの発言に、田貫さんが言葉を返す。

「ここは、豆腐料理が自慢の宿ですから」

「そうだったね」

今も宿は営業中のため、参加してくれた従業員は全員ではない。それでも、二十名くらいはいるだろうか。

受付係の美女田山さんや、三つ子の海人君、空人君、陸人君の姿もある。

女将さんの音頭で乾杯をし、豆腐のフルコースをいただく。

「つばさちゃん、何を食べたい？」

「ぜんぶ！」

「任せて！」

つばさちゃん用に料理を取り分けていたら、途中で田貫さんが割って入ってくる。

「海月さんは主役なんですから、どんどん召し上がってください」

「あ、ありがとうございます」

そう言って、田貫さんが取り分けを代わってくれたので、お言葉に甘えて、いただくことにした。

腕によりをかけた料理の数々は、驚くほどおいしかった。

〝花曇り〟の従業員は気のいい方々ばかりで、話も大いに盛り上がる。

つばさちゃんが皆から可愛がられているのを見るのも、なんだか嬉しくなってしまう。

一方、優真君は男性陣にもみくちゃにされていた。楽しそうで何よりである。

二時間後——たくさん食べて、喋って、疲れたのだろう。つばさちゃんと優真君は座敷の隅で寄り添って眠っていた。

田代さんは眉尻を下げつつ、優真君を抱き上げる。

「私はこの辺で」

「お疲れさまでした」

「ええ。海月ちゃん、明日もよろしくね」

「はい！」

田貫さんも、つばさちゃんを抱き上げる。部屋に寝かせにいくようだ。

「あ、田貫さん、私が連れていきましょうか？」

「大丈夫ですよ。主役は最後まで、楽しんでいってください」

「ええ、では、もうちょっとだけ」

男性陣は撤退し、女性陣だけが残っている。女将さんはたばこを吸いに、出て行ってしまった。

お酒が苦手なのでオレンジジュースをちょびちょび飲んでいたら、隣に田山さんが座る。突然私の肩に触れて、糸くずを取るような仕草をした。

「あ、あの——？」

「紹介されたときから気になっていたんだけれど、あなた、誰かの〝未練〟が絡まっているわよ」

「え!?」

まるで私には見えない何かを手にしているようだった。

「〝きつねの窓〟を、作ってみなさい。きっと、見えるから」

「あの、きつねの窓って、なんですか？」

「あら、そんなことも知らないの？　こうやって、手を組んで作るの」

田山さんは左右の手を複雑に重ね合わせ、指と指の間に覗き込めるような穴を作る。

これが、きつねの窓と呼ばれるものらしい。

「きつねの窓を覗き込むと、普段は見えないものや、あやかしの正体が見えるのよ」

教えてもらった通り、きつねの窓を作る。田山さんは簡単に作っていたが、なかなか難しい。なんとか手を組んで、田山さんが摘まんでいるものを覗き込む。

その指先には、細く赤黒い糸のようなものが見えた。それは、私のほうへと続いている。

糸が繋がった先を見て、悲鳴を飲み込む。

赤黒い糸は、私の腕にしつこく絡みついていたのだ。

「こ、これは——！」

「ね、不気味でしょう？」

「き、気持ち悪い、です」

　これが、私への未練が具現化したものらしい。

「あの、田山さん。体にまとわりつく未練って、なんですか？」

「あなたに、強い執着を寄せている人がいるってこと。これは、三十代後半くらいの、人間の男ね。ひねくれていて、傲慢で、自分勝手な様子が手に取るようにわかるわ」

「ひっ!!」

「心当たりがあるの？」

「たぶん、別れた夫なのかな、と」

「円満に別れなかったの？」

「円満かどうかはわかりませんが、向こうが言い出したことなので、私に未練を残しているということはないと思いますが……」

「離婚までの経緯を、私に話してみなさい」

「えっ、田山さんに、ですか？　聞いていて、楽しい話ではないのですが」

「いいから、話して」

「は、はい」

田山さんは私と吉井の離婚劇を聞き、呆れたようにため息をつく。

「たぶんだけれど、その元夫とやら、あなたのことを必死で捜していると思うわ」

「こ、怖い！」

「円満離婚しないから悪いのよ」

「相手が記入済みの離婚届を投げつけてきたから、そのまま提出したんです」

「それって、本当に別れる気はなかったんじゃない？　あなたに離婚届を投げつけたのも、きっとパフォーマンスなのよ」

「ものすごく、わかりづらいですね」

「かつてのあなたが選んで、結婚した相手なのでしょう？」

「そ、そうなのですが……」

一点、気になることを質問してみる。悪い方向へと考えが及んでいたので、声が震えてしまった。

「あの、この未練って、害はないですよね？」

「え、普通にあるけど」

「え!?」

「具体的に例を挙げるとしたら、病気になったり、運悪く事故に遭って怪我をしたり、多額の借金を背負ったり。わかりやすく言うと、呪いってやつね」

「ひぃいいいい!!」

怖い、怖すぎる。

どうにかならないのか、田山さんに訴える。

「そういうのが得意なの、陰陽師くらいしか思いつかないけど」

「お、陰陽師ですか。お知り合いに、いらっしゃいません?」

「いるわけないじゃない。きつねの窓で、私の姿を確認してみなさいよ」

再び、手が引きつりそうになりながらきつねの窓を作って田山さんを覗き込んだ。

ものすごく、たぬきだった。

なんと、田山さんは八十年以上生きる豆だぬきらしい。ただ、〝花曇り〟で働く仲間の中では、若手なのだとか。

ちなみに、田貫さんとつばさちゃんは見た目通りの年齢だそうだ。

田貫さんは二十五歳、つばさちゃんは七歳。

なんとなくふたつかみっつ年上かなと思っていた田貫さんは、私と同じ年だった。

「私の正体、わかった？」

「えーっと、おきれいな、たぬきさんでした」

田山さんはまんざらでもない、という感じだった。

こうして普通に話をしていると、あやかしでないと思ってしまう不思議。

その辺は、田貫さんにも通じることだけれど。

「純血種のあやかしである私に、陰陽師の知り合いがいるわけがないでしょう？」

「ええ」

そういえば、浅草のほうに陰陽師一家がいるという話を聞いていた。しかしながら、素人が会おうと思って会える相手ではないのだろう。

「ど、どどど、どうしよう。田山さん、どうすればいいの？」

「話をつけてくれればいいじゃない。自分で、相手の未練を断ち切るのよ」

「む、無理なんです。元夫は十五歳年上で、口では絶対に勝てなくって。それに、もう二度と会いたくなくって」

「じゃあ、どうしようもないわね。呪いと共に生きなさい」

「そ、そんなー！」

田山さんに縋《すが》り、何か対策を教えてほしいと乞う。

「無償《ただ》では教えないわ」

「だったら、〝プティ・ミミル〟の未開封のクリスマスコフレを進呈しますので」

「プティ・ミミルって、あのプティ・ミミル？」

「はい、あのプティ・ミミルです」

「それ、本気？」

「本気です」

〝プティ・ミミル〟というのは、アラサー女子に大人気の化粧品ブランド。

毎年クリスマスコフレを発売していて、今年も十月に予約を開始した途端に売り切れ続出となったものである。

皆がネット注文する中で、私は百貨店にある店舗に直接電話して在庫を確保してもらったのだ。

独身時代の貯金で買った。もちろん、当時夫だった吉井には内緒で。

貯金を削って得たクリスマスコフレだったが、命には代えられない。

お洒落で流行のメイクをしている田山さんならきっと興味を示すだろうと、スマホで撮った実物を見せると、田山さんは「仕方がないわね」と言いつつ髪をかきあげる。

ぐっと接近して、耳元で囁いた。

「未練の呪いを解く、とっておきの方法は、伴侶を見つけること、よ」

「は、伴侶、ですか？」

「ええ。人間風に言ったら、夫ね」

「な、なるほど……！」

結婚するといっても、法律で再婚禁止期間が女性には定められていたような気がする。特別な例を除いて、百日間は再婚できなかったような。

「でも、男性はもうこりごりな気がするのですが……！」

「何を言っているのよ。結婚する相手は人間ではなくて、あやかしよ。あやかしの夫でないと、呪いを解くのは無理。まあ、人間でも陰陽師の夫ならば、可能かもしれないけれど」

「あやかしか、陰陽師の夫ですか!?」

いきなり結婚相手の対象が狭まった。再婚に対するハードルは、ぐぐっと上がる。

「陰陽師はともかくとして、あやかしの結婚って、人間と同じようなものなのですか？」

「人間との間にできたあやかしは人間と同じようにわりと早く結婚するけれど、私達みたいな純血種は、めったにしないわね」

人間の血が流れるあやかしの寿命は人間と同じ。

一方で、純血のあやかしは五百年から千年ほど生きる。

そのため、結婚をすることにより次代に血を繋げようという考えが、そもそもないのだという。

「寿命が短い生き物ほど、多くの子孫を残そうとするの」

言われてみれば、ネズミや犬などは一度の出産で多くの子どもを産む。長く生きられないかわりに、多くの子どもを残すのだろう。

「純血のあやかしだって情はあるから、伴侶を持つ者もいるけれど……稀ね」

「なるほど」

田山さんは純血のあやかしと人との恋を、何度か耳にしたことがあるという。

たいてい、人が先に亡くなり、あやかしは長い時間ひとり残される。悲恋として語り継がれるようになってしまうのだとか。

「だからもしも結婚相手を選ぶときには、人間との間に生まれたあやかしを選びなさいね。そうすれば寿命は同じくらいだから」

「は、はあ」

人の世に溶け込んで暮らすあやかしの大半は、人間の血を引いているのだそうだ。

「でも、どうやって見分けるのですか？」

「簡単よ。あやかしの形態のときに、きつねの窓から覗き込むの。人間の血が流れていたら、人の姿が見えるから」

純血の場合はあやかしの形態のときにきつねの窓で覗き込んでも、姿は変わらないようだ。その点が、純血種と混血種のあやかしの違いらしい。

「ちなみに、この呪いは、皆さんにも見えているのでしょうか？」

「普通にしているときは見えていないわ。私は邪眼《じゃがん》持ちだから、悪いものが見えるのよ」

「邪眼、ですか？」

「ええ」

邪眼――人間の悪意や悪しき存在を、ひと目で見破る能力。

出会い頭に私をじっと見つめたのも、邪眼でいろいろ探っていたのだろうか。

「邪眼を持っているので、田山さんは受付をされているのですね」

「そういうこと」

とてつもなく頼りになる受付である。

田山さんがいれば、〝花曇り〟は平和に違いない。

「どうしても伴侶が見つからないのであれば、女将に相談すればいいわ」

「女将さんが、呪いを解いてくれるのですか？」

「違うわ。お見合い相手を見繕ってくれるのよ。そういうの、好きみたい」

「そ、そうなのですね」

まさか、お見合い結婚の可能性が出てくるなんて。しかも、相手は人間ではない。あやかしだ。

しかし、呪いのせいで不幸になったり死んだりするよりは、あやかしとの結婚の道を選んだほうがいいのだろうか。

「田山さん、いろいろ教えてくださって、ありがとうございました」

「別に、レアなクリスマスコフレをいただく予定だし」

「呪いについても、教えてくださったので」

「それは、悪いものは悪いものを引き寄せるから教えたの。あなたのためではないわ」

「そ、そうでしたか」

私が呪いを持っていたら、〝花曇り〟の人達に迷惑をかけてしまうようだ。早急に、なんとかしなければならない。

「じゃあ、クリスマスコフレ、忘れないでね」

「はい」

ここで、歓迎会は終了。眷属のホンドタヌキ達がやってきて、片付けをしてくれるようだ。ぞろぞろとやってくるたぬき達を見て、「きゃー」と声をあげそうになる。たぬきがこんなに可愛い生き物だったなんて、今まで知らなかった。

眷属のたぬき達は、ごくごく普通のホンドタヌキである。

どうやって後片付けをするのか。指示をしていた田山さんに、手伝わせてほしいと頼んでみる。ところが、主役に片付けをさせるわけにはいかないと、拒否されてしまった。

仕方ないので見学させてもらう。

たぬき達はお皿を口でくわえ、器用に手押し車に載せていく。あまった料理はどうするのか心配していたら、あとでたぬき達が食べると聞いて安心した。食品保存容器に、せっせと料理を詰める係もいた。

あっという間にテーブルは片付く。

最後に、複数のたぬき達が手押し車を額でぐいぐいと押していた。

「みんな、ありがとう！」

声をかけると「くうん！」と可愛い鳴き声を返してくれた。

歓迎会は完全にお開きとなる。

時刻は二十三時過ぎ。温泉に入らせていただく。

誰かいるかも、と思っていたが、温泉内は私ひとりだけ。貸し切り状態であった。体はホカホカに温まり、あとは眠るだけ。

そう思ってつばさちゃんの部屋に戻ろうとしていると、部屋から灯りが漏れているのが見えた。もしかして、つばさちゃんはあのあと目を覚ましたのか。

眠っていたら悪いので、そっと扉を開いた。

四畳半の部屋には布団が敷かれていて、つばさちゃんは眠っている。

「――んん？」

つばさちゃんの近くに、白い毛並みのきつねが横たわっていた。

一緒に眠っていたようだが、起こしてしまったみたいだ。弾かれたように、上体を起こす。

「あ、きつねさん、ごめんね。起こしてしまって」

大きさはつばさちゃんよりもふた回りほど大きい。白というより、銀といったほうがいいのか。

ぴんと立ったお耳に、キリリと切れ長の目、突き出た長い鼻――なんだか神々しさすら感じるお姿だ。

毛並みも、とにかくぴっかぴかである。

お客さんだろうか。こんなにきれいなきつねのお客さんがいたなんて。

じっと見つめていたら、銀ぎつねはサッと立ち上がる。

何を思ったのか、私のほうへとやってきた。

近くで見ると、思っていた以上に大きく感じる。中型犬くらいのサイズだろうか。

何か探るような視線を向けてきたので、敵意がないことを示すために両手を開いて見せた。

ここで、思いがけない状況となる。

銀ぎつねは、私の開いた手にすり寄ってきたのだ。

「うわっ、毛並み、柔らかっ！」

撫でてほしそうにしていたので、よしよしと頭を撫でる。心地よかったのか、ボリューミーなフカフカ尻尾を左右に振っていた。

「なんか、癒やされる……。悩みも、吹っ飛びそう」

呟いた瞬間、尻尾の動きがピタリと止まった。じっと、顔を見上げてくる。

何か見透かされているように感じて、ドキンと胸が高鳴った。

「あ、あなたは――お客さんの、きつねさん？」

問いかけると、ハッと顔を上げた。少々気まずげな空気が流れる。

なんとなく、きつねの窓を使って正体を探るのは失礼だと思ってしまった。それくらい、神々しい空気感があるのだ。

手を離すと、銀ぎつねはそそくさと部屋を出て行った。

「んん……海月お姉ちゃん、戻ってきたの？」

「あ、うん、そう。起こしてごめんね」

「いいよ」

灯りを消して、布団に潜り込む。つばさちゃんと銀ぎつねが温めてくれた布団は、とても温かかった。

「海月お姉ちゃん、歓迎会、楽しかった？」

「とっても楽しかった」

「よかった」

「つばさちゃん、ありがとうね」

「うん」

すり寄ってきたつばさちゃんを、ぎゅっと抱きしめる。すると、嬉しそうに「くうん！」と鳴いた。

「そういえば、一緒に眠っていた銀色のきつねは、つばさちゃんのお友達？」

「銀色の、きつね？」

「そう。寄り添うように、眠っていたの」

「うーん、知り合いに、銀色のきつねはいないけれど、もしかしたらお客様かも」

「だよね」

たまに、つばさちゃんの部屋に迷い込んでくることがあるようだ。

「ねこもきつねも、たぬきまで私の部屋で、寛《くつろ》いでいるんだよ」

「きっと、過ごしやすいんだろうね」

「まあわたしも、温かいから、いいんだけれど」

と、つばさちゃんと話をしているうちにうとうとと微睡《まどろ》む。

そのまま意識はどこかへ飛んでいってしまった。


翌日、朝から田貫さんと廊下で鉢合わせる。

「あ、田貫さん、おはようございます」

「おはようございます」

「昨晩は――」

欠伸が出かけたので、なんとかかみ殺した。朝六時からのシフトなので、まだ寝たりないのだ。

「昨晩は、なんでしょう？」

「歓迎会、ありがとうございました。料理はすべておいしくって、とっても楽しかったです」

「そう、でしたか」

これで会話は終わりかと思いきや、田貫さんは何か言いたげな表情で私を見つめる。

「あの、何か？」

「海月さんのほうこそ、何かあるのかな、と思いまして」

「いや、もうないですよ」

「はあ」

なんだか歯切れが悪い会話となってしまった。

田貫さんのほうこそ私に何か聞きたかったようだが、自分から口にするのは憚《はばか》られる、みたいな感じだった。

「あ、田貫さん、すみません。そろそろ、仕事の時間なんです」

「では、またあとで」

「はい」

その後、三時間ほど働いたあと、遅い朝食の時間となる。

廊下を歩いていると、ハッと気づく。

朝、田貫さんが何か聞きたげな様子だったのは、私の呪いに気づいたからなのかもしれない。

邪眼を持つ田山さんにしか見えないと話していたが、悪い気みたいなものを感じたのではないだろうか。

相談したいなと思ったが、これまで何度も田貫さんを頼っている。これ以上、迷惑をかけるわけにはいかないだろう。

一度、女将さんに相談してみようか。

なんてことを考えつつ、朝食を食べるために食堂を目指した。

食堂には海人君、空人君、陸人君の三つ子の兄弟がいた。

「おはよう」

声をかけると、三者三様の反応を示す。

明るく挨拶を返すのは海人君。「あー」という、謎の言葉を返す空人君。素早く会釈するだけの陸人君。相変わらずだ。

今日の朝ごはんは――おにぎりと油揚げの味噌汁、それから卵焼きに明太子。どれもおいしそうだ。

味噌汁のお代わりを注いでいた陸人君が、私の分も装ってくれた。

「わーい！　ありがとう」

「ど、どういたしまして」

顔を赤くする様子は、なんだか可愛らしい。

三兄弟を見ていると、弟がいたらこんな感じなのかな、という気分にさせてくれる。

ひとりっ子なので、余計にほっこりしてしまった。

おにぎりは海苔を巻いているものと、巻いていないものの二種類。巻いていない焼き海苔も用意されていた。

海人君は海苔が巻かれたおにぎりを頬張り、空人君は海苔を巻いていないおにぎりを頬張っている。陸人君は自分で海苔を巻いて、パリパリの状態のおにぎりを食べていた。

おにぎりひとつでも、好みがそれぞれ異なる。

私はどうしようか。じっとおにぎりを見つめていた。

迷っていたら、海人君、空人君、陸人君がそれぞれオススメを教えてくれる。

「柳川さん、おにぎりは断然、海苔を巻いたやつがおいしいよ。海苔の味がごはんに馴染んでいる状態が、最高なんだ」

「いいや、海苔を巻いてあったら、味噌汁やおかずの味がわからないだろうが。塩むすびが一番うまいに決まっているだろう」

「パリパリ海苔のおにぎりこそ至高！」

「うーん、迷う！」

「おにぎりの中心に明太子を入れて食べるのはいかがでしょう？」

「あ、おいしそうかも！　それにする！」

そう言って、「ん？」と首を傾げる。声は、背後から聞こえた。振り返ると、田貫さんの姿があった。

田貫さんが現れるやいなや、三兄弟はごはんをガツガツと食べ、「ごちそうさま！」と叫んでいなくなってしまった。

「あらら、どうしたのでしょうか？」

「彼ら、あと三分で始業時間なんですよ。いつも遅刻をしてくると思っていたら、まさかのんびり朝食を食べていたなんて」

「な、なるほど」

田貫さんもこれから朝食らしい。一緒に、明太子おにぎりを作っていただいた。

ほどよく焼かれた明太子は、一粒一粒食感が残っていておいしかった。

油揚げの味噌汁は薄味だけど出汁がしっかりきいているからおいしい。揚げに出汁と味噌の味がしっかりしみ込んでいる。

「はあ、おいしい。私、油揚げのお味噌汁大好きなんですが、このお味噌汁みたいに味がしみしみに仕上がらなくって。なんか、お揚げの食感が柔らかくならないんですよねえ」

「一度油抜《ゆぬ》きをすると、油揚げに味がしみ込むようになるんですよ」

「油抜き、ですか？」

「ええ。料理に使う前に、一度熱湯をかけるのです」

「はー、熱湯！」

「油抜きをすると味がしみ込みやすくなるだけでなく、油臭さを落とすこともできるんですよ」

田貫さんが爽やかな笑顔で教えてくれる。今まで知らずに、薄揚げを調理してきた。

「油揚げだけでなく厚揚げや練り物も、同じように油抜きしたらおいしく仕上がります」

「勉強になります」

これまでの油揚げは、油がガードしていて味がしみ込まなかったということか。

今度作るときは、油抜きをして調理しなければ。

結婚してから、本やネットである程度の調理のコツみたいなものは一通り調べてわかった気になっていた。しかしながら、まだまだ知らないことだらけである。

おいしい朝食を堪能して幸せな気分になっていたが、呪いについて思い出してハッとなる。気分が一気に暗くなった。

こみ上げる憂鬱《ゆううつ》な気分が、ため息となって出てきそうになった。そのまま、外に出る前にごくんと飲み込む。余計に、気が滅入るような気がしたが仕方がない。これ以上、周囲に迷惑をかけるわけにはいかないから。

「海月さん、やはり何か、心配事があるのですか？」

「へ？　私、何か口にしました？」

「いいえ、先ほど会ったときも、憂鬱そうに見えたもので」

どうやら、不安が顔に出ていたようだ。なんとも恥ずかしい話である。

「何か悩みがあるのであれば、相談に乗りますよ」

「いやいや、大丈夫です」

「大丈夫、という感じには見えなかったのですが」

ぐいぐい攻められる。何か言い訳をと考えていたら、ぐっと腕を掴まれてしまった。

「心配事、ありますよね？」

有無を言わさない、笑顔で問い詰められた。これから逃れられる人なんて、この世にいるだろうか。いいや、いないだろう。

「あの、えっと、ちょっと、いろいろありまして」

「話してください。全部」

「でも、ご迷惑では？」

「いいえ、ぜんぜん。今からでも大丈夫ですが、海月さんはお時間いかがですか？」

「始業までまだ四十分くらい残っていますが……」

「でしたら、従業員用の台所に行きましょう。あそこならばたぶん、誰も来ないでしょうから」

食器を片付けたあと、従業員の台所へと移動した。

そこで、私は昨日田山さんから聞いた呪いについて説明する。

「呪い、ですか」

「すみません。私が、元夫と中途半端な別れ方をしたばかりに」

「いいえ、海月さんは悪くないですよ。相手を呪うほど執着するほうが悪い」

問題は、私の呪いが悪いものを引き寄せてしまうことだ。

田貫さん兄妹に迷惑をかけてしまうくらいだったら、私はここを出ていったほうがいいのだろう。

そんな考えを述べると、田貫さんはギョッとする。

「何も、出ていく必要はないのでは？」

「ですが、皆さんに迷惑をかけるのは、心が苦しくなってしまいます」

「呪いについては詳しくないのですが、何か方法があるはずです」

田貫さんは呪いについて調べると言う。忙しい人に、負担をかけるわけにはいかない。

慌てて田山さんから聞いた呪い対策を、田貫さんに話してみた。

「あの、解呪《かいじゅ》方法を、田山さんから聞いているのですが」

「なんですか？　教えてください。協力できることならば、なんでもします」

「いや、その……」

田貫さんが「なんでもします」と言ったので、説明しにくくなる。

しかし、言うしかない。

「新しく伴侶を作ればいいと」

「伴侶……ああ、なるほど。たしかに伴侶を得たら、そのような呪いなど取るに足らないものとなります」

なんでも、あやかしは伴侶を迎えると伴侶を守る力を手にするらしい。

それはとてつもなく大きな力で、それを得たいがために伴侶を迎えるあやかしもいるくらいだという。

田山さんは、人間とあやかしの間に生まれた者を伴侶として選ぶようにと言っていた。

そんなの、すぐに見つかるわけがない。

なんて思っていたら、田貫さんが思いがけない提案をしてくる。

「でしたら、私が海月さんの伴侶となります」

言われてから気づく。そういえば、田貫さんもあやかしと人間の間に生まれた人だったと。母親はフィンランド人だと話していたような。

いやいや、それよりも、田貫さんが私の伴侶になるって？

「わー、ダメです、ダメです！」

「どうしてですか？」

「呪いのために結婚するなんて、ありえないです」

一度結婚に失敗している身なので、どうしても慎重になってしまうのだ。

それに一回結婚して、離婚をしている私が、田貫さんみたいな性格もよくて優しい人の伴侶になるなんて申し訳ないにもほどがある。

田貫さんにはもっと、素直で可愛い人を妻に迎えてほしかった。

「すみません。呪いのせいで、ご迷惑をかけるかも……」

「さっきも言いましたが、海月さんは悪くありません。ご自身を、責めないでください」

「ありがとうございます」

悪いものを引き寄せてしまう可能性については、心配しなくてもいいと田貫さんは言ってくれた。〝花曇り〟には、邪眼持ちの田山さんがいる。それに、高位あやかしである女将さんもいるからだ。

悪さをしようと思っても、結界の中には近づけないという。

「ひとまず、伴侶については、ゆっくり考えていただけたらなと。すぐに返事をするのは、難しいでしょうから」

思わず、一瞬だけ息をするのを忘れてしまった。

伴侶の件は丁重にお断りをしたつもりだったのに、ぜんぜん伝わっていない。

「ま、待ってください。私本当に、田貫さんにこれ以上迷惑をかけるつもりはないです！」

「ですが、伴侶なんてすぐに見つかるわけがないですし」

「本気なのですか？」

「ええ。海月さんが苦しんでいるのに、見て見ぬ振りはできませんから」

「田貫さん……ありがとうございます」

　しかしながら、やはりこれ以上甘えるわけにはいかない。田貫さんは案外頑固だ。今訴えても聞きそうにないので、今日のところは話を保留にしよう。

「あ、そ、そう！　私、田貫さんやつばさちゃんにはお世話になりっぱなしで、何か恩返しをしたいと思っていたのです。何か、私にできることはありませんか？」

「恩返し、ですか？」

「はい！」

「でしたら、つばさにどんぐり拾いに連れていってくれと懇願されておりまして、今度一緒に行っていただけますか？」

　どんぐり拾いに行きたいつばさちゃんが可愛すぎる。野山を駆け回る様子を想像しただけで、ほっこりとした気分になった。

「どんぐり拾い、私も行きたいです！　そうだ。お弁当を作りますね」

　そんな提案をすると、田貫さんは嬉しそうに微笑んでくれる。

「あ、えっと、料理は勉強中で、その、おいしいかどうかはわからないのですが」

　以前までは、進んで料理をしたいとは思わなかった。けれど今は、誰かのために何かをしたいと思うようになっている。

私を変えてくれたのは、田貫さんとつばさちゃんの存在だろう。

「楽しみにしていますね」

「うっ、料理人である田貫さんに、なんて提案をしてしまったのか」

「大丈夫ですよ。大事なのは、気持ちですから」

「はい。頑張ります」

そんなわけで、田貫さん兄妹とどんぐり拾いに行く約束を交わした。


夜――部屋に戻ると昨晩見かけた銀ぎつねがつばさちゃんの隣で横たわっていた。

「あら、また来たの？」

今日は眠っていなかったようで、即座に起き上がる。

指先をチョイチョイと動かすと、傍に寄ってきた。撫でてくれとばかりに、額を手のひらに寄せてくる。相変わらずの、極上の手触りであった。

「あなた、高貴な見た目に反して、懐っこいねえ」

首回りを揉んであげると、くるくると喉を鳴らしていた。目を細め、尻尾も左右に振っているので、気持ちいいのだろう。

「よしよし、よーしよしよし」

銀ぎつねを撫でていると、疲れが吹っ飛んでしまった。

もふもふセラピー、侮りがたし。

「よしよしっと。ありがとうね」

銀ぎつねは私の言葉がわかるのか、軽く会釈するような仕草を見せる。そして、部屋から出ていった。

「そういえば、あの子はいったい――?」

今日、宿泊していたお客さんはすべてチェックアウトした。あやかし専用宿のチェックインは深夜。これからである。

ということは、あの銀ぎつねはお客さんではない、と。気になるが、睡魔に襲われて思考回路が鈍くなる。今日のところは、眠ろう。そう思って、つばさちゃんの入っている布団に潜り込んだ。ホカホカと温かい布団の中で、幸せな気持ちで眠りに就いた。

◇◇◇

一度、お弁当に詰める料理を練習したい。

そんなわけで、休みの日に従業員用の台所を借りた。

食材は厨房から買い取った品々を使う。お金は給料から天引きらしい。

本日挑戦するのは、お弁当の定番鶏もも肉のからあげ。

過去に、何回か作った覚えがあるが、おいしく仕上がったことはないように思える。

今回はきちんと、おいしいからあげが作れると話題のウェブサイトを開いている。

ばっちり、おいしいからあげが作れるはず。

いくつかあるレシピの中から「プロも唸る、簡単サクサクおいしいからあげ」、というものを選んでみた。

「えーっと、まず、鶏もも肉を一口大に切り分け――醬油、塩、砂糖、生姜、ニンニク、酒、黒胡椒を混ぜたものに、一晩漬け込む!?」

もう、最初から躓《つまず》いてしまった。プロが唸る味は、前日から仕込んでおかないといけないらしい。

一晩漬け込むのは諦めよう。一時間だけ漬けて、薄力粉と片栗粉を混ぜたものを入れて揉み込んだ。これを、熱した油で揚げるようだ。

揚げ物用の鍋に油を注ぎ、火を点ける。油が温まったら、仕込んでおいた鶏もも肉を油に落とした。ひとまず、半分の量を揚げてみる。

ジュワジュワと、いい音を鳴らしながら揚がっていく。意外と、いい感じだ。

練習しなくても、よかったかもしれない。

表面がきつね色に揚がったら、バットに移す。しっかり火が通っているか、包丁で切って確認した。

「え、嘘でしょう?」

真ん中まで、きっちり火が通っていなかった。しかし、これ以上揚げたら焦げてしまうだろう。でも、生で食べるわけにはいかない。

結局、焦げる寸前まで揚げた。ひとつ味見してみたが、衣は焦げの風味があって、中のお肉はパッサパサ。まずくはないが、おいしくない。

「どうしてこうなった!」

頭を抱え込んでしまう。

二回目のからあげを揚げよう。そう思い、油の中に鶏もも肉を入れた。すると、想定外の事態になる。油からモクモクと煙が上がり始めたのだ。

「きゃーーーーーー!!」

「何事!?」

「何事だ!?」

「何事……?」

私の悲鳴を聞いて台所へ飛び込んできたのは、三つ子のたぬき兄弟。

海人君が「うわ、煙！　火事になる！」と叫ぶ。

空人君は「消火器だ！」と言って台所の端に置かれた消火器を掴んだ。

陸人君は「待って。その前にガスコンロの火を消して」と指示を飛ばしてくれる。

「ひ、火！」

素早くしゃがみ込み、コンロの火を消した。しばらくすると、煙は収まっていった。

ホッと胸をなで下ろす。

何を作っていたのかと聞かれ、バットの上のからあげをそっと見せた。

「えーっと、溶岩石、かな？」

「どこからどう見ても、木炭だろうが」

「暗黒物質《ダークマター》……？」

「酷い！　これ、鶏のからあげ！」

私の主張に、三つ子は同じ方向に首を傾げていた。どうやら、私が作ったものはからあげに見えていなかったようだ。油の中のからあげを取り出したら、スライムだと言われてしまう。

「お弁当用に、本格的なからあげを作ろうとして失敗しちゃったの」

「冷凍食品のからあげにしたら？」

「料理素人は、出来合いのもので十分だろう」

「買ったからあげでも、十分おいしい」

「ううっ……！」

冗談ではなく、三人とも真面目にアドバイスをしているのだ。心が痛む。残りのからあげは、油を替えて三人の監視のもとで揚げた。一回目の仕上がりと、そう変わらなかった。

中に火が通っているのを確認し、お礼にとからあげを差し出したが、丁重にお断りされてしまう。

その後、台所を清掃し、からあげを手に部屋へと戻ることにした。

全身油臭いし、からあげは大失敗だし、三兄弟に憐憫《れんびん》の目で見られるし。

気分は最悪だ。

「あれ、海月さん？」

廊下でバッタリ鉢合わせたのは、田貫さんだった。

「あ、えっと、どうも」

「どうかしたのですか？　元気がないように見えるのですが」

「いや、なんと言いますか。ちょっと、料理を失敗してしまって」

バットの上に置かれたからあげを、田貫さんに見せた。

「ああ、からあげを作ったのですね」

「はい。今度のどんぐり拾い用に、上手く作れたらいいな、と思いまして」

からあげを作ったつもりだったが、完成したのは見事な暗黒物質だった。本当にしょんぼりである。

「あの、海月さん、ひとつ味見をしてみても？」

「え、こんなの食べたら、お腹壊しますよ！」

「火はしっかり通っているようなので、大丈夫ですよ」

「だったら――」

差し出したからあげを、田貫さんはひとつ摘まんで口にした。

「なるほど」

「すみません」

「謝らないでください。最初から、上手くできる人なんていないので」

「田貫さん……！」

背中から、天使の翼が生えているのではないかと思うほど優しい。

傷ついた心に、沁み入るような言葉だ。

田貫さんは私を励ますだけでなく、からあげの揚げ方も教えてくれた。

「からあげをカリッと香ばしく仕上げるには、温度を一定に、高温時計があれば使いながら作るといいですよ。高温時計、従業員用の台所の棚にあるので、使ってみてください」

田貫さんでも油の温度は目で確かめずに、高温時計を使って確認しているようだ。

「温度管理以外に、何かポイントはありますか？」

「からあげは二回揚げるといいです」

「二度揚げ、ですか」

「はい。最初は低温で、そのあと数分休ませて余熱で中まで火を通します。二度目は高温で揚げて衣をカリッとさせるのがコツです」

「そうなんですね」

中に火を通すために最初から高温で揚げると、肉が固くなってしまうのだそうだ。

「なんだか、次は上手く作れそうな気がしてきました」

「よかったです」

次こそは、上手く作ろう。私のからあげに対する情熱は、メラメラと燃えていた。

あっという間に日々は過ぎていき、とうとうどんぐり拾い当日となった。

この日のために、私と田貫さんは合わせて休みを取ったのだ。

私は朝六時に起きて、張り切ってお弁当の準備をする。

せっかくだから、豆腐を使った料理を作りたい。そう思って、豆腐の予約をしていた。

豆腐工房は、朝四時から稼働している。六時ともなれば、豆腐が完成しているのだ。

「おはようございます」

工房に入ると、鍋から立ちこめる湯気に圧倒される。大豆が茹だるいい匂いが漂う中、職人さん達がキビキビと働いていた。

どのタイミングで声をかけようか迷っていたら、先日豆腐について説明してくれた豆助君が気づいて近寄ってくる。

「柳川さん、おはようございます。あ、お豆腐の予約でしたね」

「はい！」

できたての木綿豆腐を二丁、持参した鍋に入れてもらった。

「まいどありがとうございました！」

「こちらこそ、ありがとうございます」

互いに会釈して、工房をあとにする。そのまま、豆腐を従業員用の台所へと運んだ。

腕をまくり、エプロンをつけてお弁当作りを開始する。

ひと品目は、豆腐ハンバーグ。

絹ごし豆腐で作ってもおいしいらしいが、ハンバーグがきちんとまとまるか不安だったので木綿豆腐にした。

まず、フードプロセッサーでタマネギとニンジンをみじん切りにする。野菜が細かくなったら、鶏ひき肉や木綿豆腐、繋ぎの片栗粉を入れて混ぜる。塩、胡椒で味付けするのも忘れずに。

焼いているときに崩壊するのが恐ろしいので、小判型にした豆腐ハンバーグを大葉で巻いておく。これを、こんがり焼いていくのだ。

想像通り、ひっくり返すごとにハンバーグは崩れていった。大葉の守りも、守備範囲が狭いのでそこまで効果的ではなかった。繋ぎが少なかったのか。

料理は本当に、思うように進まない。

大きめに作っておいたのがよかったのか。最終的に一口サイズに仕上がった。剝がれかけていた大葉で、いい感じに包んでおく。

ソースはポン酢にゆず胡椒を混ぜたものをプラスチックのタレ容器に移した。食べる直前に、かけてもらう。そうしないと、お弁当全体にソースが散りそうだから。

料理上手な人は、きっと上手く詰めるのだろう。私はズブの素人なので、しっかり対策しておく。

二品目は定番のからあげ。

先日の失敗を踏まえて、自分で味付けして勘で揚げるなどというテクニックは使わない。世の中には味付けが一発で決まるという、からあげ粉が存在する。

鶏もも肉をカットして、からあげ粉をまぶし、しっかり火が通るように揚げていく。

田貫さんに習った通り、高温時計を使って油の温度を確認しつつ、鶏もも肉を揚げる。

まず、低温でほんのりきつね色になるまで揚げて、油からバットに上げる。ここで五分間ほど休ませる。そこから、さらに高温で揚げる。この二度揚げ製法が、カリッとジューシーなからあげを作るコツらしい。

念のため、完成したからあげをカットする。きちんと火は通っているようだった。

さらに、衣はカリッカリ、中はジューシーに仕上がっている。

味見をしてみたが、おいしくできていたのでホッと胸をなで下ろした。

三品目の卵焼きも、卵焼きの素を入れて焼いていく。

巻きが上手くいかず、苦戦してしまった。結果、いびつで若干焼き色の主張が激しい卵焼きになった。

しかし、カットした断面はきれいな黄色。横にすれば、詰めたときの彩りは問題ないだろう。

四品目は、たこさんウィンナー。皮がパリパリの、おいしいメーカーのウィンナーを選んだ。焼くだけで、すばらしくおいしくなるはずだ。

慎重にたこ足をカットし、焼いていく。いい感じに広がってくれた。

おかずは以上である。

茶色いおかずばかりだが、最後にミニトマトとボイルした冷凍ブロッコリーを詰める予定だ。彩りに関しては、なんとかなるだろう。

厨房で借りた二段弁当箱の一段目に、作ったおかずを詰めていく。

隙間に、ブロッコリーとヘタを取ったミニトマトを詰め込んだ。

思っていた以上にきれいにまとまった。

二段目は、おにぎり。

ふりかけを混ぜたごはんを、ラップで包んで握る。それを、二段目のお弁当箱に詰めていった。

水筒に麦茶を入れて、しっかり蓋を閉める。

「で、できたー！」

主婦歴四年、料理嫌いだった私が作る渾身のお弁当だ。

好きな人達のためならば早起きは苦ではないし、用意するのもなんだか楽しい。反応も、ちょっぴり気になる。

と、ぼんやりしている場合ではなかった。

久しぶりのお出かけだ。しっかりオシャレしたい。

フライパンの上に散ったハンバーグの欠片と残ったおにぎりを朝食にして、五分でかきこむ。

時刻は九時前。どうやら、三時間近くお弁当作りに費やしていたようだ。信じられないほど手際が悪い。しかし、完成したのでよしとする。

集合は十時。急がなければならない。

できたお弁当を持って部屋に戻ると、すでにつばさちゃんは起きていた。

「海月お姉ちゃん、おはよう」

「おはよう。朝食は食べた？」

「うん、つかさお兄ちゃんと一緒に食べたよ」

お休みの日も、まかないをいただけるのがありがたすぎる職場である。

「海月お姉ちゃんは？」

「私も食べたよ」

つばさちゃんにお弁当の包みを見せると「わー、お弁当だ！」と言い、嬉しそうに尻尾を振っていた。

「お口に合うか、わからないけれど」

「絶対絶対おいしいよ！　楽しみにしているね！」

「つばさちゃん、ありがとう」

お弁当と水筒は、トートバッグに詰める。

「よし。じゃあ、準備をしようか」

「うん！」

まず、つばさちゃんの身なりを整える。毛並みを櫛で整えて、真っ赤なリボンを首に巻いてあげた。

鏡を覗き込んだつばさちゃんは、「クリスマスみたいだね」と言って喜ぶ。

続いて、私も準備しなければ。まずは、服選びから。

キャリーケースを押し入れから引っ張り出して、服を眺める。

残念ながら、畳んだままにしていて困るようなオシャレな服は持っていない。

別れた夫からは、最低限の生活費しか渡されていなかったし。もしものときを考えて、少ない貯金には極力手を出さないようにしていたのだ。

無難なキャラメルカラーのニットと、白のスキニーパンツを合わせる。

コートは何年前に買ったんだ、という感じの色あせたチェスターコートにした。

全体的に地味だが、派手な恰好をして吉井に見つかりたくない。控えめな恰好でいいのかもしれない。

久しぶりにきっちりと化粧を施してみた。

「うん、こんなもんかな」

化粧は華やかだけど、服装が全体的に茶色なのでいい感じにまとまった。

最後に、ヘアセットをする。

久しぶりにヘアアイロンを取り出して、髪の毛を巻いていった。

その様子を、つばさちゃんは面白そうに眺めている。

「海月お姉ちゃん、髪の毛フワフワになるの、面白いね」

「でしょう？」

ぐっと垢抜けて見えるものの、髪のダメージは大きい。しっかりオイルを揉み込んで、髪の毛がパサパサにならないようにした。

ゆるふわに仕上げた髪は、ポニーテールにまとめる。

「わー、海月お姉ちゃん、可愛いねえ」

「つばさちゃん、ありがとう」

ぎゅーっと抱きしめると、嬉しそうに「えへへ」と笑ってくれた。

どんぐり拾いは女将さんの所有する山に行くようだ。個人の敷地内なので、どんぐりでも落ち葉でも、持ち帰り自由なのである。

現地までは田貫さんの車で行くので化けられないつばさちゃんも安心だ。目指すは、どんぐり山と呼ばれるどんぐり拾いの聖地らしい。毎回、カゴいっぱいのどんぐりを拾うとつばさちゃんが自慢げに話してくれる。

「拾ったどんぐりは、きれいに洗って、天日干しをして、眷属のたぬきにあげるの!」

「そうなんだ。偉いねえ」

「えへへ」

今日は一日楽しもう。そんな話をしながら、集合場所である宿の裏口を目指した。

「つかさお兄ちゃん、もう来てるかなー?」

「どうかな」

扉を開いた先に、輝く美貌の男性——田貫さんがいた。

「田貫さん、お待たせしました」

「いえ、今来たところです」

いつもは制服の和装なので、洋装姿を拝見するのは初めてである。

なんというか、オシャレだが相手を気後れさせないような品のよさを感じた。

シンプルなシャツとニットに細身のパンツを合わせ、クラシックなステンカラーコートを羽織っている。一見したところ、ドレスコードのあるレストランでも通用しそうな恰好である。

ただ、シャツの裾をニットから出していたり、足下はスニーカーだったり、どんぐり拾いに相応しいカジュアルさも兼ね備えていた。

「海月さんの私服、素敵ですね」

「ありがとうございます」

面と向かって褒められたことなどないので、照れてしまった。

「田貫さんも、カッコいいです」

「ありがとうございます」

そんなことを話している中で、田貫さんはごくごく自然にお弁当の入ったトートバッグを手に取った。

「海月さん、つばさも——」

「いえ、つばさちゃんは私が責任を持って抱っこして運びます。一緒に歩くって、約束していたんです」

「そうでしたか。では、お言葉に甘えて、よろしくお願いします」

出発前に、田貫さんは色つきの眼鏡をかける。

「田貫さん、視力が悪いのですか？」

「いえ、これは妖力を抑える眼鏡です。陰陽師に勘づかれたら大変ですので」

「ああ、そうでしたね」

「では、行きましょうか」

「はい」

つばさちゃんが、元気いっぱいに叫んだ。

「しゅっぱーつ！」

〝花曇り〟に身を寄せてから早くも一ヶ月半。

その間、一歩も外に出ていなかった。それでも、問題はない。三食おいしい食事付で、おやつも出てくるから。制服もまとめて洗濯をしてもらえるので、毎日アイロンがかかったものに袖を通すだけだ。

衣、食、住、すべてが保障されているので、外出する必要性は皆無だった。吉井のことがあるのでひとりでの外出だったら恐ろしいが、今日は田貫さんがいる。不思議と、安心感があった。

田貫さんの所有する車は、〝花曇り〟の裏手にある駐車場に停まっていた。

オフロードもガンガン走れるような渋い四輪駆動車である。なんでも、両親から引き継いだものらしい。

「父の趣味がキャンプや山歩きで、以前はこれに乗って行楽に出かけていました」

「そうだったのですね」

秋のどんぐり拾いは、田貫一家の楽しみだったようだ。

「両親が亡くなってからの二年間は、行けていなかったのですが」

「では、二年ぶりなんですね」

「ええ」

ただ、もう十二月なのでどんぐり拾いの旬はとっくに過ぎている。今は、虫食いのどんぐりしか残っていないのかもしれない。

それでもいいからと、つばさちゃんはどんぐり拾いに行くことを望んだようだ。

「つばさちゃん、どんぐり、あったらいいね」

「うん！」

そこから車で、どんぐり山を目指す。高速に乗って、二時間ほど走った先にあるようだ。つばさちゃんは後部座席のチャイルドシートに座り、ベルトで固定されていた。豆だぬきの子ども専用のチャイルドシートらしい。そんなものがあるなんて。

私は助手席に座る。お弁当が入ったトートバッグは、しっかり胸に抱いていた。

「海月さん、そのトートバッグの中身は、お弁当と——着替え、ですか？」

「お弁当だけですよ」

幼児連れの主婦ではないのだから……。

田貫さんの小ボケに、笑ってしまった。

「すみません、女性と出かけるのに、慣れていなくて」

意外であるが、これまで特別親しかった女性はいなかったらしい。

「あやかしは人間みたいに、お付き合いはしないのです。説明が難しいのですが、ひと目見てピンときた相手を、伴侶に選びます」

「一目惚れ、とは違うのでしょうね」

「そうですね。目と目が合った瞬間、だいたいの魂の在り方がわかってしまうのですよ」

人間のように、見た目や性格の美しさに好意を抱くわけではないらしい。

魂の在り方とは、その人の信念だったり、生き方だったり。言葉にするのは、難しいようだ。

いまいちピンとこなかったが、目には見えない深層心理的なものに惹かれるのかもしれない。

田貫さんは人間とあやかしの両親の間に生まれたが、その辺の感覚はあやかし寄りなのだとか。

「あやかしは家族を何より大事にします。だから、人間の人付き合いの話を聞いていると、他人に対してよくそこまでできるなと、感心してしまうのです」

「でも、田貫さんは普段から、皆さんに親切ですよね？」

「あの程度で親切とおっしゃっていただけるなんて。光栄です」

つまり、家族には普段以上に甘く、尽くすというのか。

たしかに、つばさちゃんに対する態度は過保護だなと思う瞬間もある。深い愛情を抱き、大切に想っているのだろうなとも。

「あやかしは、一途なんです」

そんな話を聞いてしまうと、余計に伴侶になってもらうということの重要さを感じてしまう。私に対する同情だけで、決めていいものではないだろう。

なんて、真面目な話をしているうちに、どんぐり山にたどり着いた。

中腹まで車で行けるようだ。凸凹道を四輪駆動車はスイスイ走っていく。

車内は大変揺れたものの、つばさちゃんはきゃっきゃと喜んでいる。私も車酔いすることもなく、三半規管が強くてよかったと、心から思った。

どんぐりの木が多く並ぶ場所で、車を停めた。

緩やかな斜面に浅瀬の川が流れていて、キャンプ場みたいな雰囲気である。

チャイルドシートのベルトを外してあげると、つばさちゃんは、落ち葉が重なり合った地上へ降り立つ。

「海月お姉ちゃん、落ち葉、フカフカでしょう？」

「本当だね」

つばさちゃんは嬉しそうに、走り回っていた。楽しげな様子で、尻尾が左右に揺れている。それを見ていると、来てよかったなと心から思った。

お弁当の入ったトートバッグは、再び田貫さんが運んでくれる。

「では、さっそくどんぐり拾いをしましょうか」

「ええ」

手にはカゴを持ち、目を皿のようにしてどんぐりを探す。

「ううん、見つからないな」

「あったー！」

つばさちゃんはさっそくどんぐりを見つけたようだ。

しゃがみ込むと、艶のあるどんぐりがいくつか落ちていた。

「うわ、きれいなどんぐりだね」

「でしょう？」

驚いた。どんぐりって、こんなにピカピカと輝いているのかと。

これまでの人生を振り返ってみれば、こんなふうにどんぐり拾いに行くなんていう経験はなかった。

山の中でゆったり流れる時間は、なんて穏やかで癒やされるものか。

田貫さんのお父さんが山での行楽にハマっていた理由を、理解できたような気がする。

つばさちゃんはどんぐりをひとつだけ口にくわえ、カゴの中にころんと落とした。他のどんぐりは拾わずに、先へと進む。

「あれ、つばさちゃん、ここのどんぐりはいいの？」

「うん！　どんぐりはね、山の命と分けっこなの」

「ああ、そっか。山の動物達や、自然と分け合うんだね」

そこまで考えてどんぐり拾いをしていたなんて。健気《けなげ》な様子に目頭が熱くなる。

先を歩くつばさちゃんを見つめながら、隣を歩く田貫さんに質問した。

「あの、ちなみに山の命とは、どのような存在なのでしょうか？」

「リスやシカ、タヌキ、イタチ、イノシシ……あとはクマですかね」

「クマ！」

「大丈夫ですよ。あやかしに喧嘩を売ってくるクマはいないですから」

「そ、そうだったのですね」

つまり、田貫さんはクマより強い、ということになる。いったいどれだけの力を細身の体に秘めているのか。気になってしまった。

それから、私は真剣にどんぐりを探す。

ひと言にどんぐりと言っても、さまざまな形状のものがある。

細長いものだったり、丸っこいものだったり。

「どんぐり、発見！」

そう口にして手に取ったが、田貫さんから「それは椎《しい》の実ですね」とコメントをいただく。

他のどんぐりよりも色が濃く、どちらかと言えば黒に近い色合いだ。

「これは、どんぐりではないのですか？」

「どんぐりの一種ですよ」

椎の実はアクが少ないらしく、炒ったらそのまま食べることも可能らしい。

縄文時代から食されているというから驚きだ。

「どんぐりっていろいろあるんですね」

「ええ、そうなんです」

なんでもどんぐりというのは、二十種類ほどの木の実の総称なのだとか。

「いくつか例をあげると、ブナ、コナラ、シラカシ……」

「どんぐり博士だ！」

田貫さんはどんぐり博士の称号が嬉しかったのか、にっこり笑みを浮かべていた。

眷属であるホンドタヌキの好物でもあるらしい。

「ブナのどんぐりは変わった形をしていて、ドロップ型の実を付けるのです。もっとも種類が多いコナラ属は、典型的なザ・どんぐり、ですね。シラカシは先ほど拾った椎の実で、黒っぽい色合いのどんぐりです。マテバシイのどんぐりも、どんぐりらしいどんぐりです。最後にクリ属は、おなじみの栗ですね」

「栗もどんぐりなのですか？」

「ええ。同じブナ科なんですよ」

どんぐりは漢字で書いたら、団栗。たしかに、栗と付く。

「うーん、勉強になるなあ」

私と田貫さんがそんな話をしている間にもつばさちゃんは次々とどんぐりを発見し、カゴの中に収めている。私はつばさちゃんが五つのどんぐりを発見する間に、ひとつ発見するレベルだ。

「あー！　栗を発見！」

つばさちゃんは嬉しそうに跳ね、こっちだと教えてくれる。

「わ、本当だ！」

スーパーでは絶対に見かけない、イガつきの栗がぽつぽつ落ちていた。

「売っている栗より、ちょっぴり小さいかな」

「これは芝栗で、スーパーなどで売られている栗は和栗なんですよ」

「あ、品種が違うのですね」

「ええ。芝栗も、なかなかおいしいです」

「いいですねえ」

栗ごはん、くりきんとん、モンブラン……どれも大好きだ。

「あれ、でも、どうやってイガから取り出すのかな」

栗はイガに守られていて、簡単に取れないようになっている。

「イガは靴で踏みつけたら、楽に取り出せますよ」

「へえ」

「柔らかい布の靴では、しないほうがいいと思います」

「ですよね。こうして栗がたくさん落ちているのを見ると、ドキドキしますね。スーパーで買うとお高いので」

「残念ながら、地面に落ちている栗は、ほぼ虫に食われています」

「えっ、そうなのですね」

田貫さんが栗の取り出し方を見せてくれた。左右の靴の底でイガを踏むと、栗が飛び出してくる。それをひとつ拾い上げ、見事な虫食いを見せてくれた。

「この通り」

「うわー、本当ですね。あ、もしかしてどんぐりも虫食いしている可能性があるのですか？」

「大いにありますね」

「どうしよう！　私、一個一個確認していません！」

「大丈夫ですよ。どんぐりや栗を水の中に入れて、浮かんできたものが虫に食われたものなんです。あとで選別するので、問題ないですよ」

「よかったー！」

私の反応が大げさだったからか、田貫さんは瞳を大きく見開いていた。

「海月さんは、子どもの遊びにも、真剣に付き合ってくださるのですね」

「私自身、楽しんでいますから。こういう外出も久しぶりで、本当に楽しいです」

「別れたご主人とは、あまり遊びにいかなかったのですか？」

「ええ、まあ。元夫はほぼ毎週、釣り仲間と海に行っていましたからね。会社の家族行事は私も参加していましたが、あれは仕事の延長でしたので」

「でも、釣りに出かけて不在のときは、お出かけできたのでは？」

「私が友達と会うのを、よく思っていなかったんです。どうせ、俺の悪口しか言わないんだろうって」

「酷いですね」

おかげで、私を遊びに誘ってくれる友達は、この四年間でひとりもいなくなってしまった。何十回も断り続けていたので、当然である。

「私は、伴侶とした女性は束縛しませんし、自分だけ楽しんで相手には禁じるなんてことはしません」

「田貫さんと結婚する女性は、幸せ者ですね」

「私は、海月さん、あなたを――」

「みんなー、栗、落とすよー！」

頭上から、つばさちゃんの元気のいい声が聞こえた。

上を見ると、いつの間にか木登りをしたつばさちゃんの姿があった。

「うわ、つばさちゃん、いつの間に!?」

「つばさは、木登りが得意なんです」

「そ、そうなのですね」

まさか、つばさちゃんにそんな特技があったとは。驚きである。

「その辺に転がっている栗は虫食いしているから、木に生《な》っているのを落とすね」

いつの間にか、地面に落ちていた栗は端に避《よ》けられている。

落とした栗と区別をするためだろう。

「海月お姉ちゃん、そこにいたら、頭に栗が落っこちてくるかも」

「え、じ、じゃあ、避難しないと」

田貫さんと共に退避したら、つばさちゃんが木の枝を揺らす。

次々と、栗が地面に落ちてきた。あっという間に、一面栗だらけとなった。

その後、黙々と栗をイガから外す作業を行った。

落とした栗は、全体の三分の一もないだろう。

さすが、つばさちゃん。山の仲間達のことを考えている。花丸をつけてあげたい。

「つかさお兄ちゃん！」

つばさちゃんが呼ぶと、田貫さんは腕を広げた。

何をするのかと思っていたら、つばさちゃんが枝から飛び降りる。

「え⁉」

見事、つばさちゃんを田貫さんがキャッチした。

「び、びっくりした！」

「驚かせてしまって申し訳ありません」

「海月お姉ちゃん、ごめんね。登るのは得意なんだけれど、下りるのは苦手なの」

「そ、そうだったんだね」

実際のたぬきも木登りは得意だが、下りるのは苦手らしい。

もともとたぬきの餌は落ちた木の実や果実などを基本としている。そのため、木に登って餌を得るという行動に対応していないのかもしれない。

「そういえば、田貫さん、先ほど何か言いかけていませんでしたか？」

「ああ、その件につきましては、あとでじっくり」

「わかりました」

「今は栗を集めましょうか」

「そうですね」

「イガ取りは危ないから、つかさお兄ちゃんがお願いね」

「はい」

栗をカゴに集めたところで、お弁当を食べることにした。

「お弁当、お弁当ー！」

つばさちゃん作詞作曲の歌を聴きながら、お弁当が食べられそうな場所へと移動する。

少し歩いた先に、開けた場所があった。

普段は鬱蒼《うっそう》と木々が生い茂っているような場所だろうが、ほとんど落葉していて視界が開けていた。日が射してポカポカと暖かい。

落ち葉の絨毯《じゅうたん》の上に、レジャーシートを広げる。座り心地は、フカフカだった。

とうとう、お弁当をお披露目する瞬間がやってくる。ドキドキしながら、蓋を開いた。

「わーーーー！」

つばさちゃんは瞳を輝かせながら、お弁当を覗き込んでいた。

「からあげ、卵焼き、ハンバーグ！　好きなものばかり入っている！」

「そっか、よかった」

「ブロッコリーやミニトマトも、山の景色みたいで、きれい！」

「ええ、美しい彩りのお弁当ですね」

田貫兄妹の反応に、ホッと胸をなで下ろした。摑みはバッチリである。問題は味だ。

基本的に、自分で味付けしていない。だから、大きな問題はない……と思われる。

さすがに、卵の殻が入っていたとか、肉が生焼けとか、そういう失敗はしていないだろう。一応、練習もしたし。

つばさちゃんの分を紙皿に取り分けてあげる。ハンバーグのソースをかけるのも忘れない。

「はい、つばさちゃん」

「海月お姉ちゃん、ありがとう！」

田貫さんは自分の分は自分で取り分けていた――と思いきや、私に差し出してくれる。

「はい、海月さん」

「え、これ、私の分だったのですか？」

「あ、ご自分で、取り分けたかったですか？」

「いえ！　まさか、私の分を取り分けてくださっていたとは。ありがとうございます」

お返しに、田貫さんの分のお弁当を取り分けた。笑顔でお皿を受け取ってくれる。

「では、いただきましょうか」

「そうですね」

「いっただっきまーす！」

ドキドキしながら、つばさちゃんがハンバーグを頬張る様子を見守る。

「うわあ、この豆腐ハンバーグ、とーってもフワフワ！」

「ソースとよく絡んで、冷めてもおいしいですね」

「うん！」

次に田貫さんは、からあげを頬張る。気にするのはよくないと思いつつも、ついつい視線が向いてしまった。

からあげを食べた田貫さんは、こちらを見てにっこり微笑む。

「海月さん、からあげ、とってもおいしいです」

「よ、よかったー！　田貫さんの教えのおかげです」

「いいえ、海月さんの、努力の賜物ですよ。本当に、おいしいです」

「うん！　海月お姉ちゃんの作ったからあげ、おいしい！」

どうやら上手く作れていたようで、涙が出そうなくらい安堵した。

というか、実際に泣いてしまった。

「海月さん、どうしたのですか？」

「海月お姉ちゃん、悲しいの？」

「いいえ、嬉しいんです。料理を、おいしいって、言っていただけたので」

料理は苦手だと言っていたが、本当は大嫌いだった。

だってせっかく手間暇かけて作っても、まずいとしか言ってもらえなかったから。

けれど、〝花曇り〟にやってきてから、私は少しずつ料理をするようになった。

楽しいと思うようになったのは、つばさちゃんと田貫さんのおかげである。

「ご、ごめんなさい。せっかくの、楽しい時間に」

「いいんですよ。存分に、泣いてください」

「そうだよ！　泣きたいときは、涙を流していいって、お母さんも言ってた」

「あ、ありがとうございます」

田貫さんから借りたハンカチで、頬を拭う。なんて優しい人達なのかと、胸がジンと熱くなった。

「すみません。落ち着きました。お弁当を、食べましょう」

一応、からあげと卵焼きは、市販の調味料を使って作ったものであると白状しておいた。

「私も、プライベートではからあげ粉を使うことがありますよ。おいしいですよね」

「そう言っていただけると、なんだか救われます」

つばさちゃんは卵焼きも、おいしいと言ってくれた。きちんと野菜も食べる、いい子である。

「はあ、おいしかった。ごちそうさまでした！」

「おそまつさまです」

食べ終わったあと、ふと思う。

また、料理を作ってみんなに喜んでほしいと。こういう気持ちは、初めてだ。

料理はただ作って、食べてもらうだけではない。

食べてくれる人から、笑顔や「おいしい」という言葉を受け取れる、尊いものなのだと。

離婚して、新しい環境の中に身を置いた私がやりたいことは、料理を作って振る舞うことなのだ。

今、気づいた。

「海月さん、どうかしたのですか？」

「お弁当、食べていただいたのが嬉しくって。なんだかしみじみしてしまったんです」

「そうでしたか」

「あの、まだまだ未熟なんですが、またいつか、私の料理を、食べてもらえますか？」

「喜んで。海月さんも、私の料理をたまには食べてくださいね」

「もちろんです！」

ほっこりと、胸が温かくなる。

こんなひとときが、ずっと続けばいいなと思った。


後片付けをして、家路に就く。再び、四輪駆動車に乗り込んで凸凹道を下りていった。

「帰りは、サービスエリアでソフトクリームでも食べましょうか」

私とつばさちゃんが同時に「やったー！」と喜ぶので、田貫さんに笑われてしまった。

たぶん、つばさちゃんを喜ばせるために言ったのだろう。

「すみません、私まではしゃいでしまって」

「いいえ、喜んでいただけて嬉しいです」

しばらく走ると、つばさちゃんは眠ってしまった。山で元気よく駆け回って、疲れてしまったのだろう。

「サービスエリアに到着したら、目覚めるはずです」

「だったら、心配いりませんね」

しばらく、静かな中を車は走る。外を眺めていたら、すっかり冬の景色となった山々が並んでいた。

長い間こうして四季を目で感じることはなかったように思える。

〝花曇り〟での生活は、私の中の正常な感覚を呼び戻す極めて健康的な日々だった。

赤信号で車が止まると、田貫さんがぽつり、ぽつりと話し始めた。

「つばさがあんなに嬉しそうな様子を見せるのは、両親が亡くなって以来初めてなんです」

「そう、だったのですね」

「ここ最近、ずっと元気なので、兄としてはホッとしています」

五歳で両親を亡くしたというのは、ショッキングな出来事だろう。そんなつばさちゃんの心に寄り添ってきた田貫さんの心境を考えると、目頭が熱くなってくる。

「海月さんのおかげです」

「わ、私、ですか？」

「ええ。心から、感謝しています」

「つばさちゃんが元気になったのは、田貫さんの愛のおかげですよ。愛はポイントカードと同じで、日に日に少しずつ溜まっていくんです。私はつばさちゃんの中にある愛情が満杯になる瞬間にたまたまやってきただけなんだと思っています」

私の手柄ではないと、主張する。田貫さんの支えがあってこそ、今の元気なつばさちゃんの姿があるのだろうから。

「海月さん、ありがとうございます」

「その、すみません。愛情をポイントカードでたとえてしまって」

「いいえ。とてもわかりやすく、素敵だなと思いました」

そんな会話をしながら一時間ほど走ったあと、車はサービスエリアにたどり着く。

田貫さんの言っていた通り、つばさちゃんはシャッキリと目覚めた。

外はひんやりしているので、ソフトクリームは車の中で食べようという話になった。

「ソフトクリームだー！」

「私が買ってきます。つばさは、何味がいいですか？　チョコレートとバニラ、それからミックスです」

「ミックス！」

「海月さんは？」

「私も、行きます」

ひとりで、三人分のソフトクリームを持つのは難しいだろうと、手伝いを申し出たが――。

「海月さんはつばさと一緒にいてくださると助かります」

つばさちゃんをひとりにしたくないのだろう。

一応、七歳の少女でお留守番もできるしっかり者なのだが、田貫さんにとってはいくつになっても心配な存在なのかもしれない。

「買い出しは私に任せてください。ちなみに、何味がいいですか？」

「それでは、チョコレート味を、お願いします」

「わかりました」

名物のソフトクリームのようで、お店の前に行列ができているのが見える。

「待ち時間は、三十分くらいらしいです」

「だったら、外で待ちたい」

つばさちゃんはサービスエリアの雰囲気を、少しだけ楽しみたいようだ。

「つばさ、車で待っていたほうが、寒くないですよ」

「つばさちゃん、五分だけ、散歩しようか？」

「うん！」

田貫さんから「妹を甘やかさないでください」という視線を感じた。

しかしながら、次はいつ来られるかもわからないのだ。

私もサービスエリアの雰囲気は好きなので、少しだけぶらぶらしたい。

そう訴えると、田貫さんは許可を出してくれた。

「すぐに戻るんですよ」

「はーい！」

「了解でーす」

田貫さんを見送ったあと、準備に取りかかる。

大きな手持ち付きのカゴの底にタオルを敷き、つばさちゃんを座らせる。寒くないようにブランケットを被せたら準備は万全。

「よし、行こうか」

「うん！」

ここのサービスエリアはかなり広い。公園みたいな広場があり、子どもが遊べるような遊具があった。ドッグランもあって、犬が楽しそうに駆け回っている。

外には名物のソフトクリーム屋さんを始めとする、食べ物を売るお店がずらりと並んでいた。

「つばさちゃん、何か食べたいものはある？」

「大丈夫。今からソフトクリームを食べなければいけないから」

「そうだね」

あと少しだけ時間がある。ベンチに座って、車の行き来でも眺めるか。そう思って腰かけ、つばさちゃんの入ったカゴを隣に置いた。

風は冷たいものの、歩き回っていたのでちょうどよかった。

つばさちゃんと一緒に、ぼんやりと景色を眺める。

「ん？」

こちらに向かって、まっすぐやってくる男性の姿を捉える。

もちろん、田貫さんではない。

よくよく見たら、見知った顔であった。

「あ、あれは――!?」

思いがけない人物がツカツカとやってきて、どん！　と偉そうに仁王立ちする。そして、尊大な様子で声をかけてきた。

「お前、海月じゃないか！」

四年間、毎日のように顔を合わせていた相手が今、私の目の前にいる。

全身に鳥肌が立ち、身動きが取れなくなった。

一ヶ月半ぶりに会う、元夫吉井である。

釣り用の中綿が詰まったジャケットを着ているので、おそらく釣りに出かけていたのだろう。

私がいようがいまいが、彼の暮らしに変わりはないようだ。

「ここで、何をしている？」

言葉を探していたら、腕を摑まれてしまった。

「ちょっと来い!!」

「え、ちょっ、痛っ!!」

無理矢理立たされ、引きずられていく。このままでは、力任せに車に引きずり込まれてしまうだろう。

「つ、つばさちゃん」

「誰かと一緒なのか!?」

振り返ったベンチには、空っぽのカゴがあるだけで、つばさちゃんの姿はなかった。

ゾッと、背筋が凍る。

私が目を離した隙に、誰かに連れ去られてしまったのではないか。

そう思った瞬間に、つばさちゃんの声が聞こえた。

「海月お姉ちゃんを、連れて行くなっ!!」

まさかの光景が、目の前に広がる。

つばさちゃんのカゴにかけていたブランケットを体に巻き付けた美少女が、吉井に体当たりしてきたのだ。

「海月お姉ちゃんを、離せ!!」

少女が叫ぶ。

攻撃はまったく想定していなかったのだろう。吉井の、私の腕を掴む手が一瞬だけ緩んだ。

その隙に、腕を振って拘束から逃れる。

少女を抱き上げ、後退した。

「お前、誰だよ、そのガキは!?」

「誰でもいいでしょう?」

この子は、つばさちゃんだ。化けを、習得したのだ。

今は喜んでいる場合ではないが、嬉しくって、涙が零れてしまう。

髪はたぬきのときと同じ茶色で、背中まで流れる長い髪はサラサラだ。瞳は黒で、お兄ちゃんである田貫さんと同じく垂れ目である。

ブランケットを、体に巻き付けている。寒いだろうからと、つばさちゃんにかけておいたものだ。

微かに、震えている。可哀想に。

つばさちゃんを守るように抱きしめたあと、キッと吉井を睨《にら》みつける。

「まさか、そいつはお前の隠し子じゃないよな？」

「そんなわけないでしょう！」

「結婚する前に、作った子じゃないのか？」

話すだけ時間の無駄である。

「それよりも、お前、よくも勝手に離婚届を出したな!?」

再び、吉井がツカツカと接近してくる。

つばさちゃんを抱いたままでは、逃げられない。

どうかつばさちゃんだけでも――。

吉井の伸ばした手は、私に届かなかった。

「そこまでです」

吉井の腕を掴む男性《ひと》がいた。田貫さんである。

肩で息をしているようだが、ソフトクリーム屋さんの行列から抜けて、一目散にこちらへ駆けてきたのだろう。

「なんだ、お前。男連れだったのか？」

「彼女は職場の仲間です。変な勘ぐりをしないでください」

「は？　子持ちの男に懐柔《かいじゅう》されて、デートだったたってか？」

「子持ち？」

「あれは、お前のガキだろうが！」

ここで、田貫さんは初めてつばさちゃんの様子に気づいた。

「ああ、つばさ、なんてことです」

「つかさお兄ちゃん!!」

ついに、人化できたのだ。感動もひとしおだろう。

田貫さんは私ごと、ぎゅっと抱きしめた。幸せな気持ちに浸りたかったが――視界の端に元夫吉井がいる。

顔を真っ赤にし、ぶるぶると震えていた。

「つかさお兄ちゃん、あのおじさん、震えているよ。きっと、寒いんじゃない？　可哀想に……」

「そうですね。公衆の面前で叫んだので、血糖値が下がったのかもしれません」

美しい兄妹から憐憫の視線を投げつけられた吉井は、悔しそうな表情を浮かべていた。

「大事な話し合いを邪魔するなんて！　警察に、連絡してやる！」

「こっちも、つきまといと暴行で、通報します」

吉井は支離滅裂に叫んでいたが、田貫さんは冷静に言葉を返していた。

「なっ！　暴行とはなんだ、暴行とは！」

「暴行は暴行です。目撃者は、私以外にもいるので」

ここで、吉井は周囲を取り囲む人々に気づいたようだ。あれだけ大声を張り上げたら、注目も集めてしまうだろう。

先ほどから痛みを感じていた腕を、袖を捲《まく》って見せた。強く握ったあとが、くっきり残っている。

「いや、鬱血《うっけつ》するほど掴んでいない！　でまかせだ！」

自分が掴んだ場所も、力加減でさえ覚えていないとは。呆れかえってしまう。

こんな人をまともに相手にしたくないが、今追い払っても、私への執着は消えてなくならない。

ここで、決着を付けなければ根本的な解決にはならないだろう。

だから私は、正直な気持ちを伝えることにした。

「吉井さん……私、ずっと我慢していたんだけど、私たち合わないんだと思う。離婚するのも世間的に恥ずかしいと思っていたのに、離婚届を投げつけられた瞬間に限界だと思ってしまって」

離婚は夫婦同意の上でしなければならない。それを私は、個人的な感情が赴くままに縁を切ってしまったのだ。

「もう、吉井さんとの結婚生活には戻れない。だから、私と別れてください」

頭は下げない。まっすぐ吉井を見て、本当の気持ちをぶつける。

「なんだよ、お前……そんな女だったなんて、知らなかった。ガッカリした。まあ、最初から、見た目だけの空っぽ女だって、わかっていたんだ。家で大人しくしていればいいって思っていたんだけれど、それすらできないとはな」

ぶつけられる言葉は、否定しないでおく。彼もきっと、なけなしのプライドをかき集めて私を罵倒しているのだろうから。

田貫さんは吉井をジロリと睨む。

睨まれた吉井は軽く「ヒッ！」と悲鳴を上げた。

顔色は青ざめ、額にはびっしりと汗が浮かんでいる。

「今、なんとおっしゃいましたか？」

吉井は田貫さんの問いかけには返さず、じりじりと後退していた。酷く怯《おび》えているように見える。

「べ、別に、お前でなくても、女はごまんといるんだ。今回は、勝手に出ていって、離婚届を提出したから、腹が立っただけで——ま、また、便利な女を、見つけてやるよ!!」

そう吐き捨てて、吉井は走り去っていく。全力疾走だ。

吉井が見えなくなったあと、膝の力がガクンと抜けた。

「海月さん！」

「海月お姉ちゃん！」

田貫さんが体を支えてくれた。

「大丈夫ですか？」

「あ、えっと、はい。安心したら、膝の力が抜けてしまいまして」

声が震えるのに気づいたあと、手の震えも自覚した。

怖かった。腕を摑まれたときみたいに、暴力を振るわれたらどうしようかと心配でもあった。

最後まで強気でいられたのは、田貫さんとつばさちゃんがいたからだ。

「つかさお兄ちゃん、ずっと、海月お姉ちゃんの元旦那さんに飛びかかろうとしていたから、ずっと押さえていたの」

ふたりの問題だから、間に入ってはいけない。つばさちゃんは必死になって田貫さんを引き留めていたらしい。

やはり、つばさちゃんは大人だ。

「おそらく、もう、大丈夫だと思います」

田貫さんはといえば、安堵したような微笑みを向けてそう言った。

「えっと、何が大丈夫なのでしょうか？」

「別れたご主人の、未練は断ち切れたのではないのかな、と思いまして。田山さんに視てもらわないと、正確にはわからないのですが」

呪いは解けたかもしれない、と。そういえば、肩が軽くなった気がする。

このところ、左肩がどうにも重たいと思っていたのだ。仲居の力仕事による肩こりだと信じて疑わなかったが、まさか呪いのせいだったのか？

　ひとまず、田山さんに確認してもらわなければならないだろう。

「助けていただいたお礼に、私、ソフトクリームを買ってきますね！」

　元気よく立ち上がったところで、田貫さんが優しく私の手を握った。

「海月さん、お願いですから、車の中でつばさと待っていてください。ソフトクリームは、私が買ってきますので」

「あ、はい。では、よろしくお願いします」

　田貫さんは周囲を警戒しながら、車まで誘ってくれた。

「車は鍵をかけておくので、私が戻るまで開けないでくださいね」

「はーい」

「わかりました」

　つばさちゃんと一緒に、後部座席に乗り込む。

　田貫さんの後ろ姿を見送ったあと、私はつばさちゃんに抱きついた。

「つばさちゃん、すごい！　人化できたなんて！」

「うん、びっくりした。海月お姉ちゃんを守らなきゃって思ったら、変化できるようになったの！」

「ありがとう。つばさちゃんが守ってくれたから、こうして戻ってこられた」

もしもあのときつばさちゃんが止めてくれなかったら、私は吉井の車に連れ込まれていただろう。考えただけで、ゾッとする。

「本当に、ありがとう」

「うん」

しばらくの間、私とつばさちゃんはそうして抱き合っていた。

「でも、人化できてよかった。わたし、ずっとつかさお兄ちゃんに迷惑をかけていたから。海月お姉ちゃんにも」

「迷惑だなんて思っていなかったよ」

「海月お姉ちゃん……」

何をするにも、田貫さんの手を借りないといけないつばさちゃんは、ずっと歯がゆい思いを抱え込んでいたらしい。

「これからは、えんぴつも握れるから、お勉強がますます楽しみになった」

「そうだね」

つばさちゃんの頭を撫でていたら、田貫さんが戻ってきた。

ひとりで三人分のソフトクリームを持っている。

「わー、ソフトクリームだ！」

「おいしそうだね」

「うん！」

待望の、ソフトクリームをそれぞれ手にして、三人で祝杯をあげた。

ソフトクリームは甘くて、濃厚で、とってもおいしい。

このとき食べたソフトクリームの味は一生忘れないだろう。

◇◇◇

誰もいない従業員用の台所で、田山さんに呪いについて視てもらう。

使う必要がなくなった未開封のジェルネイル、手作りの豆腐マフィンと引き換えに、お願いしたのだ。

「大丈夫。もう、呪いは解けているわ」

「よ、よかったー！」

「もう、あなたは眼中にないみたい」

「そんなことまでわかるんだ」

「私くらいのレベルになるとね」

田山さんが得意げに言う。

吉井は私のことを諦めて、新しい未来へ向けて第一歩を踏み出したようだ。

新しい彼女ができたらしく、私への執着はきれいサッパリ消えていると。

変なところで、切り替えが早い。

まあ、今後は外で会っても絡んでくることはないだろう。

「それにしても、もったいないわね」

「何が？」

「あの堅物《かたぶつ》田貫があなたの伴侶になるって言っていたのに、断るなんて」

「ああ、それは、申し訳ないなって思ったからで」

「同情から、申し込まれたと思っているの？」

「はい――って、なんで知っているんですか!?」

「邪眼が視《み》てしまったのよ」

「自分の意思とは別に、邪眼が勝手に視た、的な？」

「うーん、微妙に違うけど、それが近いわね」

田山さんは、その人の中で強烈な印象を残した出来事や過去のトラウマが、視えてしまうことがあるようだ。

「えっ、それってキツイですね」

「そうでもないわよ」

「どうしてですか？」

「だって、他人の弱みを握れるから」

「な、なるほど」

なんていうか、強い。

田山さんにとって〝視える〟のが当たり前なので、特に嫌だと思った覚えもないらしい。

「こうしてあなたから、ジェルネイルとおやつを貰えたわけだから、万々歳よ」

「それはよかったです」

「でも、いいの？　これ、未使用だけど？」

「はい。しばらく、ネイルはしないので」

普段、トップコートだけは塗っていたのだが、最近はそれもしていない。

それには理由がある。

「そういえば最近、豆腐工房の職人に弟子入りしたんですって？」

「そうなんです」

つばさちゃんが小学校に通い始めたので、家庭教師のお仕事がなくなったのだ。

空いた時間に働けないかと考えていたとき、豆腐職人の親方が通りかかった。

暇だったら手を貸せと、強引に豆腐工房に連行される。

「そのとき、豆腐作りをお手伝いして、豆腐工房で働きたいなと思いまして」

大豆を選別するところから始まり、さまざまな工程を経ておいしい豆腐になっていく。

皆、一生懸命豆腐を作っていた。

なんてすばらしい仕事なのかと感激し、女将さんの許可を得てから、親方に弟子入りさせてくれと頼み込んだのだ。

「それで、研修期間を経て、親方が認めてくれたら正式に弟子入りできるようになるんです」

「じゃあ、今は仮採用の期間なのね」

「はい」

こちらの仕事もシフト制で、仲居の仕事とバランスを取りつつ、臨機応変に働いている。せっせと、豆腐作りを手伝う毎日であった。

と、お喋りしている間に、田山さんは豆腐マフィンを完食したようだ。

「ありがとう。おいしかった」

「よかった」

料理についても、日々勉強している。たまに、田代さんが料理教室を開いてくれるので、ありがたく教わって、こうして〝花曇り〟の人達に食べてもらっている。

田山さんはこれから受付業務があり、私は豆腐作りの修業が始まる。

「あ、言い忘れていた」

田山さんは私の肩をガシッと摑む。そして、耳元で囁いた。

「次、田貫に伴侶になってくれと申し込まれたら、素直に受けたほうがいいわよ」

「え!?」

何を言っているのかと、信じられない気持ちで田山さんを見る。

「もともとあやかしの多くは、家族至上主義。他人なんて、どうでもいいのよ。そんなあなたに、田貫は伴侶になってくれと申し込んできた。それは、同情でもなんでもないのよ」

「同情でなかったら、なんなのですか？」

「あなたが弱っている隙を見て、伴侶にしようと目論《もくろ》んでいたんじゃない？」

「いやいや、ありえないですよ。私なんかを伴侶にしようと目論む理由がありません」

「それが、ありえるのよ。田貫は人間との間に生まれた子だけれど、誰よりもあやかしらしい男だから」

「そんな、でも、私みたいな人間を、田貫さんが伴侶に選ぶわけないです」

「ふうん。あなた、そういうこと言うの」

「な、何がですか？」

「自分を惨めったらしく卑下《ひげ》して、逆にそうじゃないって言ってもらう上級テクニックでしょう？」

「ち、違います！」

「別にどっちでもいいけど。いい？　あやかしは人間みたいに、容姿や性格を気に入って伴侶を選ぶわけではないから。あなたがコツコツ積み上げてきた、魂の在り方を見て田貫は伴侶になろうって言ってるの」

　その話は以前、田貫さんから聞いていた。いまいちピンときていなかったが。

「だからあなたの謙遜は、見当違いも甚《はなは》だしいのよ」

「は、はあ」

「私が言えるのは、田貫が死ぬほど嫌いだった場合のみ申し出を断りなさい。それだけ」

　この情報料は高くつく——田山さんはそう耳打ちしてから、台所から去っていった。

「魂の在り方、か」

私の呪いは解けた。だから、田貫さんが私を伴侶として選ぶような事態は二度と起こらないだろう。考えるだけ、時間の無駄だと思った。

第五話　あつあつごはんに煮豆腐を載せて、豆腐ごはん

雪がしんしんと降り積もる。ホワイトクリスマスである。

呪いが解けてからは〝花曇り〟の外へ出る機会も増えた。クリスマスイブは小ぶりのクリスマスツリーを買い、ホールのケーキを田貫兄妹と囲んでささやかなクリスマスパーティーを開いた。

チキンやフライドポテトはスーパーで買ってきたものである。忙しくて、手作りする暇がなかったのだ。それでも、つばさちゃんは喜んでいた。クリスマスを祝うのは初めてらしい。もともとは海外のイベントなので、あやかし一家には関係のない催しだったのだろう。

「クリスマスがこんなに楽しいなんて、知らなかった！」

はしゃぐつばさちゃんを見る田貫さんの瞳は優しい。

ふたりとも、幸せそうで何よりだ。

そんなクリスマスのメインイベントはプレゼント交換である。

それぞれプレゼントを用意して、贈り合うように決めていたのだ。

クリスマスツリーの周辺には、各々用意したプレゼントが置かれていた。

ある程度お腹がいっぱいになったあと、プレゼント交換を行う。

「ではでは、今年もお世話になりました。つまらないものですが……」

「海月お姉ちゃん、つまらないものって、どうして言うの？」

「典型的な日本人は、贈り物をつまらないものですがって、謙遜して渡すんだよ」

「へえ、そうなんだ」

つばさちゃんは、わかったようなわからないような不思議そうな顔をしながらも、プレゼントを受け取ってくれた。

「何かな、何かなー。あ、筆箱に、ノート、鉛筆、けしごむ、色えんぴつもある！　わあ、すごい！」

つばさちゃんは私が用意した文房具セットを、瞳を輝かせて胸に抱いていた。

「続きまして、田貫さんにはこちらを」

「海月さん、ありがとうございます」

田貫さんは、両手で受け取って丁寧に包みを開ける。

「これは――」

「キーケースです」

以前乗せてもらった車の鍵が剝き出しだったのが、地味に気になっていたのだ。

「ずっと、買おうと思っていたんです。オシャレですね。嬉しいです」

無難な品だったが、喜んでくれた。

「次は、わたしの番だね。まずは、海月お姉ちゃんから。はい、どうぞ！」

可愛らしくラッピングされた包みを受け取る。ドキドキしながら開封したら、中からマフラーが出てきた。

「わっ、可愛い！」

「手編みのマフラーなんだ」

「え、手編み!?　すごすぎる！」

つばさちゃんは、マフラーを編んでくれたようだ。田代さんに習ったらしい。編み目も丁寧で、温かそうなマフラーである。

「つばさちゃん、ありがとう。大事にするね」

「うん！」

お兄さんである田貫さんには、ニット帽を編んだようだ。

「つばさちゃん、器用だね」

「コツを覚えたら、誰でもできるよ」

まともに野菜の皮も剝けない私にもできるのだろうか。つばさちゃんと田代さんに、師事したい。

続いて、田貫さんの番である。つばさちゃんには、キッズ用のスマホ。妖怪学校ではスマホの携帯も許可されているようで、買う決意をしたらしい。

迷子になったときに、すぐに発見できるようなアプリも搭載されているという。

「うわー、スマホだ！　わたし、ずっと欲しかったの！」

「つばさちゃん、あとでアドレス交換しようね」

「うん！」

私には、目覚まし時計を贈ってくれた。この前寝坊したので、用意してくれたのだろう。実を言えば、朝が大変弱いのだ。ここに来てからも何回か危なかったのだが、そのたびにつばさちゃんが肉球で私の頰を叩いて起こしてくれた。

今、つばさちゃんは学校に通うようになった。私を起こしている暇はないのである。

ありがたく、いただいた。二度と遅刻はしないと、田貫兄妹に誓う。

クリスマスイブは、賑やかに過ぎていく。

◇◇◇

つばさちゃんが学校に通うようになってから、私は豆腐工房の親方に弟子入りしていた。見習いなので、まだ工房での作業は許されていない。

これまでの日々は、大豆の検品をしていたが、今日、ついに親方が直々《じきじき》に、豆腐についての歴史を教えてくれるようだ。

従業員用の休憩所で、授業が始まる。

「豆腐というのは、かつては晴れ——特別な日に食べるものだったんだ」

驚くべきことに、豆腐の歴史はかなり古い。

始まりは、奈良時代。遣唐使によって伝わったのだとか。

それからしばらくの間、豆腐は僧侶や貴族といった、一部の特権階級の口にしか入らない食べ物だったらしい。

それから時が流れ、豆腐は一般家庭でも普及していく。それでもしばらくの間はお正月やお盆などの、限られた日にしか食卓にあがらなかったと。

というのも、大きな理由がある。かつての豆腐は、各家庭で作るものだったからだ。

豆腐作りは大変手間暇がかかる。今のようにスーパーなどで手軽に買うことができないならば、ごちそう扱いされていたのも、納得してしまった。

「さて、ひとつ問題だ。大豆の国内自給率を知っているか？」

「国内自給率、そうですね……」

親方に質問されて私は真剣に考える。

日本人は大豆料理が大好き。

味噌に納豆、きな粉に醤油、もやしや枝豆だって、大豆からできるものだ。

それらを踏まえて、国内自給率を考えてみる。

「えーっと、たぶん、五十パーセントはいっていないと思うのですが……二十パーセントくらいですか？」

親方はすぐさま手をクロスして、バツ印を作った。

「えっと、もう少しあるのですか？」

「逆だ。もっと少ない」

「じ、十五パーセントくらい」

首を横に振る。それから、十四、十三、十二とカウントしていき、最終的に七パーセントで親方が頷《うなず》いた。

「えっ、大豆の国内自給率って、そんなに低いんですか!?」

「ただ、食べるものに限定すれば、国内自給率は二十五パーセントまで跳ね上がる。大豆全体では、七パーセントまで落ち込むが」

「大豆を使って、何かを大量生産しているのですね？」

「そうだ。なんだと思う？」

「ええっ……」

食べる以外の大豆の活用法なんて、パッと思いつかない。

「うーん、うーん、ま、枕？」

「違う！」

正解は、食用油らしい。思いつきもしなかった。

「え、大豆で油を作っているのですか？」

「そうだ。食用油の他に、マヨネーズやドレッシング、化粧品などの原料にも使われている」

「だったら、いい線だったのですね！」

大豆の国内自給率が低いのには、そんな理由があったわけだ。

「豆腐工房で作られる豆腐の大豆は、契約農家から購入している、とっておきだ」

「おおー！」

「心して、味わうといい」

座学は以上のようだ。大豆の歴史から、我が国の自給率まで勉強になった。

「じゃあ、これから現場に行く。しっかり学べよ」

「はい！」

今日は豆助君が豆腐作りについて教えてくれるようだ。

「よろしくお願いします」

「こちらこそ、至らないかもしれませんが、よろしくお願いします」

互いに会釈し合ったあと、豆腐作りを開始する。

大きな鍋には、はしごがかけられていた。豆助君は自分の体以上に大きな大豆の袋を担いではしごを登ると、鍋に大豆を入れている。

続いて、大豆の洗浄を行う。

鍋に水を注いで、長い棒を使ってかき交ぜるようにして洗うのだとか。

水面を見ると、ゴミが浮いている。この工程が、いかに必要なものなのかを目の当たりにする。

「次に、大豆を水に浸けます。大豆と同じ量の水に浸けるんですよ」

夏場は八時間、冬場は十五時間ほど浸けておくそうだ。

「この大豆は、精選された大豆なんですよ。大豆に少しでも異常があれば、豆腐の味わいに雑味が混ざってしまうからです」

材料からこだわり抜いて作った豆腐というわけである。

豆腐作りに使用する水は、どんぐり山に湧き出る名水。これも、おいしさに一役買っているようだ。

「隣に置かれた鍋に入っているのが、浸漬《しんせき》し、水分を吸い込んだ大豆です」

これを、砕いてすり潰す磨砕機《まさいき》にセットし、さらに水を加えながら液体状にしていく。

すり潰した大豆は、真っ白なペースト状態となって磨砕機から押し出されてくる。

「ここにある、大豆がすり潰され、どろどろになった状態を〝生呉《なまご》〟と呼んでいます」

その後、生呉を大釜で炊くようだ。

加熱された状態になると、〝呉〟と呼ぶらしい。

鍋の周辺はもくもくと湯気が漂い、非常に蒸し暑い。ただただ立っているだけなのに、汗が噴き出る。

「柳川さん、大丈夫ですか？」

「はい、平気です。その、汗っかきなもので」

ハンカチで汗を拭ってから、説明に耳を傾ける。

「加熱された呉を絞ります。絞ってできた液体が豆乳、残ったものがおからですね」

ここから先が、以前豆助君から聞いたそれぞれの豆腐の作り方となる。

木綿豆腐はにがりを入れて、固まってきたところを砕いて湯切りする。木綿の布を張った型に流し込んで、重石を載せて圧搾《あっさく》するのだ。

しばらくして押し固められた状態になったら、木綿豆腐の完成である。

絹ごし豆腐は煮詰めて濃くした豆乳を型に流し入れ、にがりを加えて混ぜたらあとは固まるのを待つ。

仕上がった豆腐から、さらにがんもどきや厚揚げ、油揚げなどを作るらしい。

「と、このような工程を経て、豆腐は作られています」

説明は以上だという。

まだ、作業の手伝いはできないので、残りの時間はひたすら大豆に欠けや虫食いなどがないか確認した。

そろそろ上がる時間だと、親方から背中をぽんと叩かれる。

「もうそろそろ、つばさが帰ってくるころだろう?」

「あ、そうですね」

作業に夢中になるあまり、時間を気にしていなかった。

夕方からは、つばさちゃんの勉強を見てあげると約束をしていた。

「では、お先に失礼します。明日も頑張ります」

「おう、頼んだぞ」

他のお弟子さんや職人さんに挨拶し、豆腐工房をあとにした。

部屋に戻ると、すでにつばさちゃんは帰ってきていた。

「あ、つばさちゃん、おかえりなさい」

「ただいま！」

「学校、楽しかった？」

「うん、とっても」

座布団の上に座ると、つばさちゃんはぴったりと密着するほど近くに座ってくる。

あまりにも愛らしいので、頭を撫でた。

「学校、あっという間に終わっちゃうの。もっと勉強したいのに」

「本当に、つばさちゃんは偉いなあ」

私の小学校時代は、給食と休み時間に遊ぶのを目的に登校していたような気がする。

勉強が大好きなつばさちゃんが羨ましい。

つばさちゃんが通うのは、あやかしのみが通学する妖怪学校である。

ここで、人間社会の常識を学ぶらしい。

「あのね、今日は給食がとってもおいしかったの」

「どんな献立だったの？」

「えーっとね、麦ごはんと、お味噌汁と、コロッケ、野菜の炒め物、だったかな」

「いいなあ、おいしそう」

「本当においしかったー。初めて給食当番をしたんだけど、丸缶をふたりで持って、みんなの分を器に注いだんだ」

「そっか。頑張ったねえ」

給食当番だなんて、懐かしい。給食の時間になると白衣を着て、昼食が入れられた丸缶や四角缶を給食室から教室まで運んで行くのだ。

たまに、転んだ児童が缶に入った中身を床に落として大惨事、なんて事件も起こる。

「河童の川内《かわうち》君と、猫又の根子山《ねこやま》君がコロッケの大きさで喧嘩になって、先生はなだめるので大変だったみたい」

「うーん、給食あるあるだなあ」

つばさちゃんの話を聞いていると、小学生時代に食べていた給食が食べたくなった。

似た料理を作るのは簡単だが、あの優しい味わいを再現するのは難しいだろう。

「宿題は出た？」

「うん、出たよ。でも、海月お姉ちゃんを待っている間に終わっちゃった」

「おお、偉い」

「でも、合っているか見てくれる？」

「もちろん」

　春から田貫さんの指導と自主学習、それから私の補足授業を受けていたつばさちゃんだったが、学校の授業にちゃんとついていっているようだ。

　先生からも、褒められているらしい。

　途中入学だったものの、クラスに溶け込んでいるようでホッとした。

「つばさちゃん、困っていることがあったら、なんでも言ってね！」

　そう言ったら、つばさちゃんは眉尻を下げる。何か、憂い事があるのだろうか。

「どうかしたの？」

「どうってことでもないんだけど……」

「いいから話してくれるかな？」

「うん」

　つばさちゃんは俯《うつむ》きながら、話し始めた。

「優真君が、朝と放課後、一年生の教室にやってきて、家まで送り迎えをしてくれるの。

それは嬉しいんだけど、同じクラスの男子を睨んでいるみたいで、みんなが怖がっているんだよね」

「そ、そうだったんだ」

優真君のひと睨みは、同級生に対する牽制だろう。

これまで仲良くしていたつばさちゃんを、取られるのかと危惧しているのかもしれない。ただ、睨むのは男子限定らしい。その辺は、甘酸っぱい香りがする。

やはり、優真君はつばさちゃんのことが好きなのだろう。

「次、同じことをしたら、絶交だって言ってるの」

さすがつばさちゃんだ。きちんと、対策済みである。

絶交と言われてしまえば、優真君もこれ以上睨みを利かせられない。

「あ、そうだ。髪の毛、痛くなかった？」

「うん、大丈夫！」

いつも私がしているみたいに結んでくれとお願いされたので、今日はポニーテールにしてあげたのだ。たまに、結ぶのに失敗すると一日中髪が痛くなるので、心配していた。

「妖狐《ようこ》の洋江《ようこう》くんが、可愛いねって言ってくれたよ」

「それはよかった」

なんでも、洋江君とやらはいつも、つばさちゃんの髪型や服装を褒めてくれるらしい。

もしや、優真君のライバルが登場したのではないか。

今の時代は、俺様系よりも優しい男がモテる。優真君、頑張れと心の中で応援してしまった。

「海月お姉ちゃんは、今日はどんなことをしたの？」

「午前中は仲居のお仕事をして、午後からは豆腐工房で研修を受けたよ」

「豆腐作り、楽しい？」

「楽しい」

「そっかー。いつか、海月お姉ちゃんの作った豆腐を食べてみたいな」

「私も、つばさちゃんに食べてもらいたい」

「つかさお兄ちゃんにも？」

「あ――うん、そうだね」

いつか上手くできたら、ふたりに食べてほしいな。

◇◇◇

日々は瞬く間に過ぎ去り、気がついたら大晦日である。

仲居の仕事に加え豆腐工房の見習いもするようになったので、毎日が大変な忙しさだった。

〝花曇り〟では、一年の終わりのこの日、特別な大豆で作った年越し豆腐を販売する。そのため、豆腐工房は朝から晩までフル稼働だった。晴れて研修期間を終えて、正式に親方に弟子入りすることができた私も、今日は仲居仕事をお休みして朝から工房の手伝いをしていた。

おかげさまで年越し豆腐は完売。

へとへとになったものの、親方は労《ねぎら》うように肩をぽんと叩く。

言葉はなかったが、「よく頑張った」と言ってくれたようで嬉しくなった。

夜は田貫さんが打った年越し蕎麦をいただきながら新年を迎えた。深夜に食べる蕎麦とエビ天は罪な味である。

除夜の鐘を聞きつつ田貫兄妹には、今年もよろしくお願いしますと深々と頭を下げた。

宿も豆腐工房も年を越えたら一安心――なんて状況にはならない。

一月一日から、仕事である。

毎年〝花曇り〟では、新年開運豆腐を販売しているのだ。

当然ながら、朝の四時から豆腐作りである。

昨日、一時過ぎまで起きていたので、睡眠時間は三時間ない。非常に眠い。

明け方までお酒を飲んでいた親方よりは、かなりマシではあるが。

「あー、くそ！　頭がガンガンする！」

「自業自得ですよねえ」

「豆助、なんか言ったか？」

「なんでもないですう！」

今日も豆腐工房は賑やかだ。

初日の出の光を浴びながら、せっせと豆腐を作る。

仕事が終わったのは午前十時前。シャワーを浴びて、部屋まで戻る。

つばさちゃんは田貫さんと毎年恒例だという初詣に行っていると思っていたのに、部屋で本を読んでいた。

「あれ、つばさちゃん、もう初詣から帰ってきたの？」

「ううん、まだ行っていないよ。海月お姉ちゃんが疲れていなかったら、初詣、一緒に行きたくって」

「つばさちゃーん!!」

以前、一月一日に行く初詣を、楽しみにしていると話していた。私のために、待ってくれていたなんて。

健気なことを言ってくれるつばさちゃんを、ぎゅっと抱きしめる。

「ちょっと待っていてね。二時間くらい眠ったら、元気になるから。初詣、行こう」

「海月お姉ちゃん、無理しないでね」

「大丈夫、大丈夫！」

なんて言いながら、きっちり三時間半眠ってしまった。思っていた以上に、疲れていたようだ。

起きたときには、つばさちゃんの身支度はほぼ終わっていた。

襟にフリルのついたモコモコトレーナーに、サスペンダー付きのワイドパンツを合わせている。

ニット帽や手袋も用意していた。コートはティペット付きの分厚いものをチョイスしていた。きちんと寒くないようなコーデを考えたようだ。

「つばさちゃん、お待たせしました」

「よく眠れた？」

「おかげさまで」

髪の毛を結んであげようか、なんて提案をするとつばさちゃんは嬉しそうに櫛とゴムを持って目の前に座った。

サラサラの髪を梳《くしけず》り、左右の髪を編み込みにして後頭部でまとめた。リボンのバレッタを結び目に差し込んだら完成である。

「海月お姉ちゃん、ありがとう」

「どういたしまして」

いまだ完全に目覚めていない体を奮い立たせ、服を着替えた。

つばさちゃんが人に化けられるようになってから何度か、一緒に買い物に出かけた。そのときにふたりで選んだ服を着よう。

フード付きのプルオーバーに、ロング丈のスカートを合わせ、オーバーサイズのチェスターコートを着込む。フードはコートの外に出すのも忘れずに。

カジュアルだけれど、チェスターコートのおかげでシックにも見えるお出かけコーデである。

足下はスニーカーだ。初詣のときに神社の階段を上るので、ブーツやパンプスなどの踵がない靴のほうがいいだろう。

髪はつばさちゃんと同じ形にしてみた。

「わっ、海月お姉ちゃんの服、可愛い。髪もお揃いで、嬉しいなー！」

「でしょー？」

田貫さんへは、つばさちゃんがメッセージを送ってくれた。クリスマスに贈られたスマホは、上手に使いこなしているようだ。

勉強にもスマホを使っているというので、感心な小学生だとしみじみ思う。

私が惰眠を貪っている間に、漢字のアプリを次々とクリアしていたらしい。

「もう少しで、二年生のレベルまでいくの」

「すごいね！」

なんて話をしているうちに、スマホに田貫さんから準備ができたというメッセージが届く。〝花曇り〟の裏口に集合することとなった。

「じゃあ、行こうか」

「うん」

つばさちゃんと手を繋ぎ、階段を下りて裏口を目指した。

扉が開いた先にいた田貫さんを見て驚く。なんと、私と同じようなフード付きの上着とジャケットを合わせた恰好だったのだ。

私が何か言うより先に、つばさちゃんが指摘する。

「つかさお兄ちゃんと海月お姉ちゃん、お揃いだね！」

「そ、そうだね」

田貫さんはいつも落ち着いた雰囲気の服ばかり着ていたので、パーカーをファッションに取り入れるとは意外である。

もちろん、上品なモノトーンのジャケットのおかげで、カジュアルすぎるということはない。

「いつも女将さんに、服装に若さがないと言われてしまうので、こういう服を選んでみたんですが、似合いませんか？」

「いや、とっても素敵だと思いますよ」

絶賛すると、田貫さんは照れたようにはにかんでいた。

普段は和装なので大人っぽく見えるが、こういう恰好をしていると年相応に見える。

「では、行きましょうか」

ポケットから取り出したキーケースは、私がクリスマスに贈った品である。使ってくれているようで、嬉しく思った。

〝花曇り〟の裏にある駐車場には、何台か車が停まっていた。その中で、田貫さんのご両親から引き継いだ四輪駆動車は目立つ。

今日は別の車の前で立ち止まった。

「あれ、田貫さん、今日はそちらの車なんですか？」

「ええ。あの車は、街乗りするのには厳《いか》つすぎますから」

普段、田貫さんがメインで乗っている車らしい。丸いシルエットの、黄色いカラーが可愛い車だ。つばさちゃんが選んだものなのだとか。

「私が乗るには可愛すぎるのですが、つばさがどうしてもこれがいいって」

「たしかに、つばさちゃん好きそう」

「可愛いでしょう？」

「うん、とっても可愛い」

つばさちゃんは可愛い車の後部座席に乗り込んだ。人に化けられるようになってからチャイルドシートを卒業し、今はジュニアシートに座っている。

ジュニアシートとは、座高を上げて大人用のシートベルトを安全に使えるようにするものなのだとか。対象年齢は、四歳から十歳くらい。

「へえ、ジュニアシートって初めて見たかも」

「座り心地、いいよ」

「そうなんだ」

「海月お姉ちゃんも座ってみる？」

「私は二十五歳児なので、対象年齢じゃないかな」

「そっかー」

二十五歳児発言を、田貫さんに笑われてしまった。

普段の田貫さんはキリリとクールな表情をしていることが多いものの、意外に笑いの沸点は低い。特に、つばさちゃんがいるといつも笑っているような気がする。

笑顔は幸せを運んでくるので、これからもどんどん笑ってほしい。

田貫さんがエンジンをかけるとつばさちゃんが片手を掲げ、元気よく「しゅっぱーつ！」と叫んだ。

「そういえば、あやかしって、神社に入っても大丈夫なのですか？」

助手席に座った私はふと浮かんだ疑問を口にする。

「悪意さえ持ち込まなければ、神社の鳥居に弾かれることはないですよ」

「そうなのですね」

誰かを憎み、害を加えようとする邪悪な心を持って神様に近寄ろうとしたら、神社を守護する神使に退治されてしまうのだとか。

「田貫さん、それに関しては、あやかしだけでなく、人も同じですよ。あやかしと違って目に見える形で襲われる事態にはならないものの、悪意は本人に害となって返ってくると思います」

「身から出た錆《さび》といいますか、因果応報――というわけですね」

「ええ。逆に、善い行いも自分に返ってくるので、神様にいつも見られていることを自覚しながら生きていきたいなと、思っています」

「こちらは、情けは人のためならず、ですかね」

情けというのは、他人を想う心という意味である。

常日頃から人を想って行動していたら、よい報いが自分に返ってくる、という意味だったような。私も十一月の寒空の下、つばさちゃんを助けていなかったらここにはいなかっただろう。善行を偽善だと言う人もいるかもしれないが、うわべだけでも善人でいるのは悪いことだとは思わない。

善い行いをして、自分も幸せになる。いいことではないか。

つばさちゃんの学校の話で盛り上がっているうちに、神社にたどり着く。

もうお昼過ぎなので参拝客は引いているものだと思いきや、大鳥居を抜けた先は人、人、人である。

参道には露店が並んでいて、焼きそばやお好み焼き、たこ焼きなどの香ばしいソースの匂いが漂っていた。つばさちゃんの手は、田貫さんがしっかり握っている。何があってもはぐれないだろう。

安心しているところに、小さな手が私の指先をぎゅっと握る。つばさちゃんだ。

「あのね、つかさお兄ちゃんが、海月お姉ちゃんが迷子にならないように、手を繋いでいてって」

「ちょっ、田貫さん……！」

「念のためです。さっきも、露店に見とれていて、一歩遅れていたので」

「すみません」

「参拝したあと、出店の食べ物を買いましょう」

つばさちゃんと同時に「やったー！」と喜んでしまった。そういえば、昼食を食べていなかったのだ。

じわり、じわりと参道を進んでいき、やっとのことで門をくぐった。

「これはひとつ目の門ですね」

「まだ先があるってことですね」

「海月お姉ちゃん、頑張ろう！」

「はーい」

ふたつ目の門の先に、やっと拝殿が見えた。それでも、まだまだ先は長い。

やっとのことで、拝殿の前にたどり着く。ここまで、一時間以上はかかっただろう。

二礼二拍手をしたあと、願い事を心の中で念じる。

今年は、田貫兄妹が平和で幸せに暮らせますようにというのと、豆腐を上手く作れますように、料理が上達しますようにと、三つも願ってから最後に一礼した。

拝殿があるエリアから脱出し、参道の露店が並ぶ通りまで戻ってきた。

まずは、お汁粉を食べて体を温める。甘い汁が、早朝の労働で疲れた体を労ってくれるようだった。お餅も、炭で香ばしく焼かれていたのでとてもおいしい。

他に、たこ焼き、焼きそば、焼き鳥などの定番を三人で分け合って食べる。つばさちゃんは綿あめを買い、嬉しそうに頬張っていた。

「たぬきの姿のとき、いろんな食べ物が気になっていたの！　この綿あめもそう」

「つばさ、なぜ言わなかったのですか？」

「だって、お正月はいつものすごい人混みで、我が儘を言っている場合じゃないって思って」

つばさちゃんの肩を、思わず抱きしめる。これからは我慢しないで、なんでも我が儘を言ってほしい。そういう環境を作ることが、私の役目だと思った。

こんな感じで、私達のお正月は楽しく過ぎていった。

◇◇◇

豆腐工房での修業の日々は続いている。

今日は午後から、せっせと厚揚げと油揚げを作り続けた。

真冬なのに、揚げ油の熱気でくらくらしてしまう。真夏はどうなるのか。今から戦々恐々としてしまう。

まかされた仕事が終わったら、大豆の検品作業に移る。目を凝らして大豆に欠けや虫食いがないか探すので、疲労感もどんどん溜まっていくのだ。

仕事が終わったのは、二十一時過ぎ。

今日は田貫さんがお休みの日で、つばさちゃんの世話をしてくれている。それで、長めのシフトを入れていたのだ。

豆腐工房を出て、〝花曇り〟の従業員用の食堂でまかないの揚げ豆腐と湯葉のおひたし、それから豆腐とわかめの味噌汁、おにぎりをいただいた。

田山さんとお喋りしていたら、あっという間に二十三時近くなる。

「うわ、私達、かなりお喋りしていたみたいですね」

「もうそんな時間なんだ。帰ろ」

田山さんは珍しい通いの従業員なのだ。なんでも、年下の男性と一緒に暮らしているらしい。

もちろん相手は豆だぬきで、人間の会社でごくごく普通に会社員をしているという。

「あれ、そういえば以前、あやかしは家族至上主義だとおっしゃっていませんでした？

田山さんはご両親とは一緒に暮らさないんですか？」

「基本的にはそうだけど、長年生きていると家族にも飽きがくるのよね。だから、別の

個と共にいることによって、暇を潰しているのよ」

ちなみに、お互い今の相手と結婚する気はないらしい。

「楽しいから一緒にいるの。彼とは家族と同じくらい気安い関係だしね」

「楽しいから一緒にいる、か」

「別に、かならずしも伴侶として一緒にいなければならない必要性はないのよ。気が合

う相手がいたら、籍を入れなくても十分楽しくやっていけるから」

「そう、ですよね」

「でも田貫は優良物件だから、申し込まれたら好きじゃなくても受け入れるべきだから」

「またそのお話ですか」

以前、同情から伴侶にならないかと申し込まれたが、以降はそれらしい言動はない。それに、吉井の呪いが解けた今、もう同情される理由もなくなったのだから、田貫さんのあの申し出は無効になったはずだ。

でも、田山さんは田貫さんが私の魂の在り方を気に入り、伴侶として選んだといまだに思い込んでいるのだ。

まったくの勘違いである。

「じゃあ、また明日」

「お疲れさまでした」

田山さんが帰りひとりきりになった食堂で、ふうとため息を零す。一日中揚げ物をしていたので、白衣が油臭かった。

一刻も早く、お風呂に入るべきだろう。

ロッカーに着替えを用意していたので、そのまま温泉に向かった。

今日も、貸し切り状態である。しっかり体を洗ってから、温泉に浸かった。

「ああー、いいお湯」

ゆっくりと疲れを落としてから、上がった。

体がスッキリすると、途端に眠気に襲われた。ふらふらな足取りで部屋まで戻る。

扉を開くと、銀ぎつねがいた。

「あ、今日、来ていたんだ」

おいでと呼ぶと、傍に駆けてくる。

首筋を揉んであげると、気持ちよさそうに目を細めていた。

私が豆腐工房で働くようになってから、帰りが遅いときは、きまってつばさちゃんの添い寝をしてくれているのだ。

おかげさまで、今宵もつばさちゃんはぐっすり眠っている。

この銀ぎつねについて、つばさちゃんは知らないという。ただ、女将さんの結界や田山さんの邪眼があるので悪い存在ではないのだろう。

それに、銀ぎつねは優しい瞳をしている。何か悪さをするために、忍び込んでいるとは思えなかった。

人懐っこい銀ぎつねはすぐにお腹を見せて、撫でろと懇願してくる。

わしわしと撫でてあげると、尻尾を振って喜ぶのだ。

ひとしきり遊んだあと、銀ぎつねは帰っていく。

こんなに打ち解けているのに、一緒になって眠ることはないのだ。

「なんでだろう？」

疑問よりも、眠気のほうが勝ってしまった。

まあいいかと思考を中断し、つばさちゃんが温めていた布団へと潜り込む。

たぬき姿のつばさちゃんは体温が高かったが、人化したつばさちゃんも同じように体温が高い。

ホカホカ布団の中で、ぐっすり眠ったのだった。

◇◇◇

翌朝——登校前のつばさちゃんに話があると言われ、居住まいを正した。

「来月、つかさお兄ちゃんのお誕生日なの。それで、クリスマスのときみたいなパーティーを開きたいなって思っていて。海月お姉ちゃん、一緒に準備をしてくれる？」

「もちろん！」

田貫さんには普段から大変お世話になっている。盛大なパーティーを開こうと、約束をした。

「私は、手作り豆腐でもふるまおうかな」

「わっ、海月お姉ちゃんの手作り豆腐！　食べたい」

「まだ、大豆から作ったことはないんだけどね」

豆腐工房で豆腐作りの工程を習ったあと、自分ひとりで豆腐作りをしてみようと従業員用の台所で試作をした。

結果は、上手く固まらずにボロボロの豆腐になってしまった。

親方に聞いてみたところ、加熱の温度が低かったのではないか、とのことだった。

温度を上げて作ってみたが、今度はなんだか苦かった。

それに関しては、にがりの量が多すぎたのだと。

にがりは海水から食塩を作ったとき、あとに残る苦い液体だが、同じにがりでも、ものによって濃度がそれぞれ異なるらしい。

豆腐作りは一筋縄ではいかない。

そんな感じで試行錯誤を繰り返した結果、最近ではなんとか食べられる豆腐を作れるようになった。

ただし、これまでの豆腐はスーパーで購入した豆乳を使って作っていたのだ。

田貫さんの誕生日までには、大豆から作った豆腐を作りたい。

さらに、挑戦したい料理がある。

それは、〝豆腐ごはん〟。

豆腐ごはんというのは、豆腐を丸ごと出汁と醤油で煮込んだものを、ごはんの上にドン！　と豪快に載せた料理である。

結婚前に、上京してきた両親と一緒にお店で食べたあの豆腐ごはんの味が忘れられなくて、密かに何度か作っていたのだ。

ただ、何度作っても思い出の味にはならない。どうしたものかと悩んでいるところだった。

もう一度、お店の味を口にしたら、近いものが再現できるだろうか。

「そうだ。つばさちゃん、今度、豆腐ごはんを食べにいかない？」

「豆腐ごはんって、この前海月お姉ちゃんが話していた、豆腐が載ったごはん？」

「そう！」

「つかさお兄ちゃん、許可してくれるかな？」

「うーん」

過保護な田貫さんは私とつばさちゃんが外出するとき、かならず同行するのだ。

今回に限っては、つばさちゃんとふたりで行きたい。

どうにかならないものか。考えていたら、名案が浮かんだ。

「つばさちゃん、私に任せて」

「つかさお兄ちゃんに、なんて言うの？」

「つばさちゃん、この前新しい下着が欲しいって言っていたでしょう？　さすがに、女性の下着のお買い物には、同行できないから」

「あ、そっか！　さすが、海月お姉ちゃん！」

我ながら、名案である。

「下着を買いにいって、そのあと豆腐ごはんを食べて帰ろうか」

「うん！　ついでに、つかさお兄ちゃんの誕生日プレゼントも買いたい！」

本来の目的は田貫さんの誕生会だったが、いつの間にかついで扱いになっていた。

まあ、いい。目的を果たして、最高の誕生日パーティーにしなければ。

「もう行かなくっちゃ。海月お姉ちゃん、寝ていたのに、起こしてごめんね」

「ううん。もう起きようと思っていたから」

部屋の外から、つばさちゃんを呼ぶ小学生男児の声が聞こえた。優真君である。

相変わらず、つばさちゃんは優真君と一緒に登校しているという。

特別だと言って、手を繋いでくれるようだ。

「じゃあ、海月お姉ちゃん、よろしくね」

「任せて」

外まで見送りたかったが残念ながらパジャマなので、扉まで見送ることにした。

出勤前に、田貫さんにつばさちゃんとの外出について許可を取ろう。

仲居の制服をまとい、髪をサッとひとつに結んだ。化粧は薄く。

全身を映す姿見で変なところはないか確認する。

仲居の恰好も、以前と比べて板についてきたような気がする。

田代さんみたいに、颯爽と働く仲居になるのが目標だ。

今日の田貫さんは、私と同じ九時スタート。他の料理人から、勤務時間を入れ替えてほしいと頼まれたらしい。でも日頃から勤務時間に関係なく、毎朝六時には起きているというので、田貫さんの部屋の扉を叩いた。

すぐに、扉の向こうから声が聞こえた。

「はい、どなたですか？」

「柳川です」

そう答えた瞬間、ガタゴトと大きな物音が聞こえた。

「あの、大丈夫ですか？」

「大丈夫です。心配なく。ただ――」

「ただ？」

「ちょっと片付けますので」

「はい、わかりました」

待つこと三十秒ほど。扉が開かれた。田貫さんは着流し姿でいた。

「いかがなさいましたか？」

「少し、お話ししたいことがありまして」

「でしたら、中へ」

「いえ、すぐに終わりますので、ここで大丈夫ですよ」

そう答えると、田貫さんがしょんぼりしているように見えた。

「あ、えっと、少しだけ、お邪魔しても？」

「どうぞ」

実を言えば、田貫さんの部屋は初めて入る。つばさちゃんと同じ畳部屋だが、いったいどういう部屋に住んでいるのか。ドキドキしながら、お邪魔する。

「散らかっていますが」

田貫さんの部屋はラグマットの上にちゃぶ台と座椅子が置かれた極めてシンプルなインテリアだった。

畳は最近張り替えたのだろうか。い草のいい香りがする。

田貫さんの匂いもするので、ドキドキしてしまった。

「海月さん、お茶と紅茶、コーヒーとありますが、どれがいいですか？」

「お、おかまいなく」

「これからお茶でも飲もうと思っていたんです」

その証拠に、電気ケトルからは湯気がたっていた。

「では、紅茶を、お願いします」

ティーバッグを使うかと思いきや、田貫さんは缶の紅茶を取り出してきた。

「え、いや、そんな、本格的なものだとは思わずに。インスタントだと……」

「インスタントは飲まないんです」

「だったら、コーヒーはコーヒーメーカーで作るんですか？」

「そうですね」

正解はお茶だったようだ。

お茶でいいですと言おうとしたものの、すでにティーポットに茶葉を入れていた。

心の中でごめんなさいと謝りながら、紅茶が蒸し上がるのを待つ。きちんと砂時計を準備しているところに、こだわりを感じた。

淹れてもらった紅茶は、とてつもなくおいしかった。

「すごいです。お店の味です」

「お口に合ったようで、よかったです」

朝からこんなにおいしい紅茶を飲めるなんて。じーんと、感動してしまった。

「それで海月さん、話というのは？」

そうだった。おいしい紅茶を飲んでほっこりしている場合ではない。

つばさちゃんと豆腐ごはんを食べにいく許可を、取らないといけないのだ。

「あの、ですね。今度の土曜日につばさちゃんとふたりでお買い物に行きたいな、と思っておりまして、いかがかな、と」

「ふたりで？　なぜ？」

「いや、男性には入りにくいお店での買い物ですので、つばさちゃんとふたりのほうがいいのかな、と」

「どこに行かれるのですか？」

ピリッと、空気が震えたような気がする。

過保護なので、ふたりで出かけて事故や事件に巻き込まれることを危惧しているのだろう。

このままでは反対されてしまう。

下着を買いにいくなんて、異性に報告するのは恥ずかしい。けれど、勇気を振り絞るしかない。

まっすぐ田貫さんの顔を見て答えられず、顔を逸《そ》らしつつ口にした。

「下着を、買いにいこうと計画を立てているのです」

「ああ、なるほど。私は同行できないですね」

あっという間に気まずい空気と化す。果たして、田貫さんは許可してくれるのだろうか。神に祈るような気持ちで、返事を待った。

「下着を買って、ちょっとお買い物をして、昼食を食べたあと、すぐ、帰ってきます。寄り道はしません」

どうかお願いしますと、頭を下げた。

「……わかりました」

「え？」

「外出を、許可します」

「い、いいのですか？」

「はい。つばさはもう、これまでと同じ、か弱いたぬきではありません。それに、海月さんだって、立派に独立した女性です。私が過度に心配するのは、逆に失礼になりますので」

田貫さんの言葉が、胸にジンと響く。

仲居や豆腐職人として、一人前にはほど遠い。けれど、独立していると認めてくれたのだ。

離婚届を提出しようと決めたときには、こんな明るい未来が待っているなんて想像もしていなかった。

頑張れば頑張るだけ、道は開ける。

もちろん、頑張りのすべてが報われる世界ではない。

けれども、何か行動を起こしたら、何もしないよりは前に進み結果が伴ってくるのだ。

これから先もずっと、私は挑戦し続ける人間でありたい。

「田貫さん、ありがとうございました」

「お礼を言わなければいけないのは、私のほうですよ。貴重な休日まで、つばさの面倒を見てくれるなんて」

「いいんです。つばさちゃんは、本当の妹のように思っていますから」

年の差を考えたら、娘のほうが近いのかもしれない。

田貫さんは、少し困ったような微笑みを浮かべていた。

ここで、ハッと気づく。

このところずっと、私がつばさちゃんをひとり占めしていた。

田貫さんは、寂しく思っていたのかもしれない。

「あ、あの、私、図々しい人間で、つばさちゃんに対してついついおせっかいを焼いたり、面倒を見すぎたりしているかもしれませんが、ご迷惑でしたらなんでもおっしゃってください」

「迷惑だなんて、とんでもない。男の私では、できることにも限界があると常々思っていました。下着も、そのひとつだったな、と」

つばさちゃんはだんだんと、成長という名の階段を上っていく。

すぐに、田貫さんの手を離れて大人の女性になるだろう。そんなことを考えたら、寂しくなってしまったらしい。

「つばさが伴侶を得て、自分のもとから去る日を考えると、なんとも言えない気持ちになります」

「兄妹は、ずっと一緒にはいられないですものね」

ふと、田山さんの言葉を思い出す。

——次、田貫に伴侶になってくれと申し込まれたら、素直に受けたほうがいいわよ。

なぜ、これを今思い出してしまうのか。早く忘れろと、記憶の隅に追いやった。

「海月さん」

いつになく熱っぽい声で、名前を呼ばれる。胸が、どくんと大きく跳ねた。

熱い眼差しを向けられていたが、目を合わせることができず、俯いてしまう。

「お願いが、あるんです」

「な、なんでしょうか？」

ついつい、身構えてしまう。なんとなく、大事な言葉を口にしようとしている気配を感じるから。

「この数ヶ月間、気持ちは変わりませんでした。私の、伴侶となっていただけますか？」

求婚されてしまった。

田貫さんとは出会って三ヶ月。別れた夫のときよりも早く、求婚してくれる男性が現れるなんて……。

吉井からの執着が消えた今、伴侶を得る理由はなくなったと思っていたのに。改めてプロポーズしてくれるとは、本当に驚いた。

嬉しい。けれども、田貫さんの伴侶選びは彼本人だけの問題ではない。つばさちゃんも、絡んでくる。

私が田貫さんの伴侶となったら、つばさちゃんが悲しまないか。お兄さんを取られてしまったと感じてしまうようであれば、喜んで受け入れられない。

「海月さん、時間をかけて考えてください。一年でも二年でも、待ちますので」

「あ、ありがとうございます」

ひとまず、お礼だけ言っておく。突然のことですぐには返事できない。

気まずい空気のまま、会釈して田貫さんの部屋を出る。

扉をぱたんと閉めたあと、隣のつばさちゃんの部屋に戻った。

座布団に座った途端、深い深いため息が零れる。

このままでは気まずい。でもどうにかして、田貫さんの誕生パーティーまでには解決しなければ。

せっかく、つばさちゃんが企画したのだ。微妙な空気を引きずったままだと、せっかくのパーティーが台無しになってしまう。

まさか、この瞬間に申し込まれるとは想定もしていなかった。

田貫さんが私を伴侶として選んだのは、同情なんかではなかったのだ。

嬉しいけれど、一回、結婚に失敗している私は単純に喜ぶわけにはいかない。

今、田貫さんが一番大事にしているのはつばさちゃんだ。伴侶を迎えることによって、しかもその相手がバツイチだということで、つばさちゃんに寂しい思いや嫌な思いをさせるなんて、あってはならない事態である。

もしも、つばさちゃんが成人して、それでも伴侶にと望んでくれるのならば、申し出を受け入れよう。

「うん、それがいい」

「何がいいんだい？」

背後で突然声が聞こえたので、驚いてしまった。振り返った先にいたのは、女将さんだった。

「ひえっ‼」

「化け物を見たみたいに、驚くんじゃないよ！」

いや、女将さんは人の姿に転じた化け物ではないのかと思ったが、怒られそうだったので言わないでおく。

「あ、あの、どうしてここに？」

「うじうじ悩む気が流れてきていたから、誰だと思ってやってきたんだよ」

「そ、そうだったのですね」

人の悪い気は、邪気と呼ばれる靄《もや》となってあやかしに悪影響を及ぼすらしい。

私から生じた邪気は、女将さんがお札《ふだ》に封じてくれたようだ。

「いったい何を悩んでいるんだい？」

「それは――」

言いよどんでいたら、左右の頬をぎゅっと摑まれる。

「はっきりお言いよ」

「お、おひゃひ、ひゃん」

「なんだって？」

手を放してくれたら話せます。瞳でそう訴えると、手を放してくれた。

「あの、田貫さんに求婚されたんです」

「へえ、お似合いじゃないか！」

「そ、そうですか？」

「ああ。そのうち田貫に、あんたと結婚すればいいと言おうと思っていたんだよ」

まさか、女将さんのお墨付きだったとは。

「でも私、バツイチですし……」

「それの何が問題なんだい？」

「それに、つばさちゃんが、寂しがると思いまして」

「つばさが、そう言ったのかい？」

「いえ、そういうわけではないのですが」

「じゃあ、理由にはならないね」

他にも、あるはずだ。結婚できない理由を、ひねり出す。

「その、なんと言いますか、結婚に失敗している私に、田貫さんの妻になる資格はないな、と」

「あんた、一回失敗したら、何もかもダメになると思っているのかい？」

「そういうわけではないのですが」

「そう思っているんだろう⁉」

女将さんが目の前に接近し、私を一喝する。

「一回の失敗でその後の人生を諦めるなんて馬鹿だね。何回も何回もしくじったって、同じ間違いをおかさなければいいだけなんだ。間違っても、いいんだよ」

「女将さん……！」

温かい言葉に、瞼《まぶた》が熱くなる。ぱち、ぱちと瞬きをしているうちに、涙がぽたりと零れてしまった。

　そんな状態でも、女将さんは容赦ない質問を飛ばす。

「あんたの、一回目の結婚の失敗の原因は？」

「相手の性格を、よく把握せずに結婚したこと……です」

「それで、田貫の性格は、どう思っているんだい？」

「家族想いで、真面目で、料理に一生懸命で……。私が料理に失敗しても決して笑わず、熱心に教えてくれるような、優しい人」

「よく、わかっているじゃないか」

　女将さんは背中をどん！　と叩く。

「あんたは、田貫の性格をよくわかっている。あれを、悪いように思っていないのだったら、求婚は素直に受け入れるんだ」

　その言葉は、私の心に沁み入るようだった。

「あまり、自分を卑下するんじゃないよ。あんたは、いい娘《こ》だ。田貫とつばさが気に入るのも、わかるよ」

「ありがとう、ございます」

「あんた、つばさのことも心配なんだろ？　でも、あの兄妹の絆はそんな簡単なもんじゃないよ。田貫が幸せになれば、つばさだって喜ぶし幸せになる。あんたは余計な心配はしなくていいんだよ」

女将さんは最後に優しく微笑み、頭を撫でてくれた。

今一度、女将さんの言葉を心の中で反芻《はんすう》する。

求婚については、ゆっくり考えて答えを出したい。

一回目と同じ失敗を繰り返さないために。

◇◇◇

つばさちゃんとお出かけする当日となった。

朝、目覚まし時計が鳴るよりも早く起きたつばさちゃんが起こしてくれた。

「おはよう」

「お、おはよう」

「楽しみすぎて、早起きしちゃった！」

「そっかー」

小躍りしているうちに、つばさちゃんは人の姿からたぬきに戻ってしまった。えへへと照れ笑いし、舌をぺろっと出している。

膝をぽんぽんと叩いたら、跳び乗ってきた。あまりにも、可愛すぎる。

いい子、いい子と頭を撫でた。つばさちゃんは目を細め、心地よさそうにしている。

と、ふと気づく。今の表情が、銀ぎつねを撫でたときに似ていたような。

銀ぎつねは昨晩もやってきた。いつものようにスキンシップをしたあと、そそくさと帰っていった。

あの子の正体については、いまだ謎に包まれている。今更、きつねの窓で見るのも悪いような気がして、何もできないでいるのだ。

今度、女将さんと話す機会があれば、聞いてみよう。

もしかしたら、〝花曇り〟を守る守護ぎつねかもしれないし。

つばさちゃんはたぬきの姿から、人の姿へと転じる。振り返り、キリッとした表情で提案した。

「海月お姉ちゃん、服、選ぼう」

「そうだね」

人化できるようになってからというもの、つばさちゃんはオシャレを楽しんでいる。

一緒に服を選ぶのは、私も楽しい。

「今日は、このワンピースにこっちのコートを合わせてみようと思っているの」

「うん、可愛い！　ただ、それだけだと寒いから、マフラーを巻いたほうがいいかもね」

「わかった」

私も服を選ばなければ。今日はパンツにしよう。

ハイネックのセーターの上からショート丈のメンズジャケットを着込み、細身のパンツと厳つめのブーツを合わせる。色はモノトーン系で統一。

髪はゆるふわ感をいっさい出さない、きっちり結んだポニーテールにした。

テーマはつばさちゃんのボディーガードである。

今日は田貫さんがいないので、つばさちゃんを守るのは私の役目だ。しっかり果たしたい。

「わー、海月お姉ちゃんの服、カッコイイねえ」

「ありがとう」

一方で、つばさちゃんはお姫様みたいなフワフワワンピースをまとっていた。悶えるような可愛さだった。

「早く、わたしも大人になりたいな」

「そう？」

「うん。海月お姉ちゃんを見ていたら、そう思うようになったの」

先ほど、化粧をするときに穴が開きそうなくらい見つめられた。興味が湧く年頃なのだろう。

新品の、薄く色付く薬用リップがあったので唇に塗ってあげた。

「わ、可愛い色！　海月お姉ちゃん、ありがとう」

「お休みの日だけ、塗っていいからね」

そう言って、つばさちゃんにリップを差し出す。

「え、いいの？」

「うん、使って。唇が荒れたときにもオススメだよ」

「ありがとう!!」

私も小学生のときに、母からリップをもらったことがある。化粧は大人がする特別なものだと考えていたので、とても嬉しかったから強く記憶に残っていた。

つばさちゃんには、私が嬉しかったこと、楽しかったことのすべてを経験させてあげたい。

ふと、思い出す。

マザー・グースの作品の中に〝おんなのこは何でできてる？〟、という詩があることを。

おんなのこは砂糖とスパイス、それと素敵な何か、そういうものでできている——というものだ。

素敵な何かはきっと、家族や周囲の人達からの愛情だと個人的には思っている。

大人になるまでに、たくさんの素敵でいっぱいにしてあげたい。

そう願ってやまないのだ。

「さて、そろそろ行こっか」

「はーい」

〝花曇り〟の裏口へ向かい、つばさちゃんと手を繋いで歩いていたら、背後から声がかかる。

「つばさ、海月さん！」

仕事着である和装姿の田貫さんだった。前かけを着けているので、仕事中に抜け出してきたのだろう。

「よかった、間に合った」

「つかさお兄ちゃん、どうかしたの？」

「お見送りを、したくって」

過保護だ……。

スッと遠い目をしたつばさちゃんも、同じことを思っていたに違いない。

「気を付けて、行ってきてくださいね」

「はい」

「行ってきます」

田貫さんの見送りを受けながら、私とつばさちゃんは買い物へ向かった。

ひとまず、デパートで目的の品を購入する。

まずは、田貫さんの誕生日プレゼントから選ぼう。

「わたしは、何をあげようか決めているの！」

そう言ってつばさちゃんが向かった先は、着物を扱うお店。そこで、つばさちゃんは足袋を購入していた。

「足袋かー。なるほど。田貫さん、毎日使うもんね」

「うん！」

きちんと買うものを考えてきたつばさちゃんは偉い。それに比べて私は、何を買おうか決まっていなかった。

「迷うなあ」

「海月お姉ちゃんが選んだものだったら、なんでも喜ぶと思うよ」

「うん。田貫さん、気持ちを読み取ってなんでも喜んでくれそう」

でもほんのちょっとでもいいから、もらって嬉しい品を贈りたいのだ。

「こんなに一生懸命プレゼントを選んでもらえるなんて、つかさお兄ちゃんは、幸せ者だなあ……」

そう呟いたつばさちゃんの瞳から、大粒の涙が零れた。それを見て、ぎょっとしてしまう。

「つ、つばさちゃん、どどど、どうしたの？」

「うっく、えっく……！」

涙を流すばかりで、つばさちゃんは何も答えてくれない。

こんな状態になってしまったら、買い物どころではない。ちょうど、近くに喫茶店があったので、そこに入る。

ソファ席に案内してもらい、つばさちゃんの隣に座った。

ハンカチで、涙を拭ってあげる。

つばさちゃんは依然として泣きじゃくるばかりだったので、メニューを選ぶどころではなかった。

ひとまずクリームソーダをふたつ、頼む。

クリームソーダが届いたころには、落ち着いていた。不思議そうに、クリームソーダを眺めている。

「つばさちゃん、クリームソーダは初めて？」

「う、うん」

「とってもおいしいから、食べてみて」

メロンソーダの鮮やかな緑色に、上に載せられたアイスクリームの白、そしてさくらんぼの赤——見事な色の調和が取れた一品だろう。

子どものとき、デパートに家族でやってきたとき、途中かならず食堂に寄ってクリームソーダを頼んでいた。

つばさちゃんは初めて見る緑色の液体を警戒しているのか、じっと見つめたまま動かない。

「つばさちゃん、クリームソーダは早く食べないと、ぶくぶく泡立ってグラスから溢れてしまうんだよ」

「大変！」

弾かれたように細長いスプーンを握り、アイスクリームとメロンソーダの境目を掬って食べていた。

涙で潤んだ瞳が、マロングラッセみたいにキラキラ輝く。

「わ、おいしい」

「でしょう？」

私も食べる。メロンソーダで一番おいしいのは、アイスクリームに付着したシャーベット状になったメロンソーダだろう。

私とつばさちゃんは、クリームソーダをペロリと完食してしまった。

「海月お姉ちゃん、突然泣いてしまって、ごめんなさい」

「いいけど、どうかしたの？」

つばさちゃんは唇を噛みしめる。言いにくいことなのだろう。

つばさちゃんの肩を抱きしめ、耳元で「話してくれるかな？」とお願いしてみた。

すると、つばさちゃんはぽつり、ぽつりと話し始める。

「今、毎日がとっても楽しくって、幸せで……。ぜんぶ、海月お姉ちゃんが運んでくれたものなの」

「そんな、大げさな」

「大げさじゃない！」

この二年間、つばさちゃんと田貫さんはご両親の死を引きずっていたらしい。

頼れるのは血の繋がった家族だけ。

他人とも距離を取っていたと言う。

どこかでこのままではよくないと思いつつも、共依存のような状態だったのだろう。

「でも、海月お姉ちゃんが来てから、お父さんやお母さんがいなくても大丈夫って、思えるようになったんだ」

田貫さんも、笑顔を見せてくれるようになったという。

「でも、海月お姉ちゃんは本当のお姉ちゃんじゃないから、ずっといるわけじゃない。今年は一緒につかさお兄ちゃんの誕生日を祝えるけれど、来年はわからない。また、ふたりぼっちに戻るかもしれない。そう思ったら、悲しくなってしまって――」

再び、つばさちゃんの瞳が潤む。

言われて気づいた。私とつばさちゃんの関係は、非常に脆《もろ》く崩れやすいものだったと。

まさかつばさちゃんがそんな不安を感じていたなんて、思いもしなかった。

私も、つばさちゃんと一緒にいたい。今年だけでなく、来年も再来年もずっと田貫さんやつばさちゃんの誕生日を一緒に祝いたい。

それにはきっと、言葉にできる関係が必要なのだろう。

「つばさちゃん、大丈夫」

「え？」

「ずっとずっと、つばさちゃんの傍にいるから」

つばさちゃんにもわかりやすく単純明快な関係を、田貫さんが提案してくれたのだ。

先日、女将さんが背中を押してくれたおかげで、ようやく決心ができた。

離婚後、途方にくれた私に手を差し伸べてくれた田貫さん。

自分を後回しにしてでもつばさちゃんを大事に思う様子や、私を気遣ってくれる優しい心、それから、いざというときに頼りになるところにも強く惹かれたのだ。

離婚したばかりなのですぐに、というわけにはいかないが、素直に田貫さんの申し出を受け入れよう。

そうすれば、つばさちゃんもきっと安心してくれるだろう。

「海月お姉ちゃん、ありがとう」

「どういたしまして」

問題が解決したところで、買い物を再開する。

田貫さんへのプレゼントは迷いに迷った挙げ句、運転用の革の手袋とサングラスにした。これらを身につけて、車でいろいろ連れていってもらおう。

つばさちゃんとそんな話をしながら、次なる目的地を目指した。

「豆腐が載ったごはんって、どんな料理なんだろう」

「お楽しみに」

百貨店を出て、電車をいくつか乗り継ぐ。向かった先は、老舗のおでん屋さん。

「え、おでん屋さんで豆腐ごはんが食べられるの？」

「そう」

最寄りの駅から徒歩一分――落ち着いた佇まいのお店にたどり着いた。

お店の前には、数名のお客さんが並んでいた。最後尾に、つばさちゃんと一緒に並ぶ。

待つこと十五分ほどで、お店の中へと入れた。

ここでは、豆腐ごはんを「とう飯《めし》」と呼んでいる。店内にいるお客さんのほとんどが、とう飯を注文しているようだった。

単品だと三百九十円。安すぎる。

豆腐ごはんの定食を注文した。つばさちゃんは一人前を食べられるかわからないので、ごはんは少なめで頼んだ。

ドキドキしながら待つ。どれだけ試作を繰り返しても、ここの味に近づけなかったのだ。今日、改めて食べて、何かヒントを得たい。

ついに、豆腐ごはんの定食が運ばれてきた。

豆腐がどん！　と丸ごと一丁載ったごはんを見て、つばさちゃんは感激している。

「すごい！　こんなの、初めて！」

私は久しぶりの再会だが、感極まってしまう。

と、見た目に感動している場合ではない。あつあつのうちに食べなければ。

「つばさちゃん、食べようか」

「うん！」

まずは、つばさちゃんの反応を伺う。

「いただきまーす」

箸を上手に使って、豆腐を口にする。

「う、うわー、これ、おいしい!!」

それから、無言でパクパク食べ続ける。

せっかく外出したのだから、ハンバーグやオムライスのほうがいいのかなとも考えた。

しかしながら、おいしそうに食べている様子を見てホッと胸をなで下ろす。

ハンバーグやオムライスは、私が作ってあげたらいいのだ。

つばさちゃんが笑顔で食べる様子は、いつまでも見ていられる。と、にこにこしている場合ではなかった。私もとう飯をいただかなくては。

豆腐とごはんを箸で掬う。湯気がホカホカ漂うそれを、ぱくりと頬張った。

「あ、熱っ……！」

はふはふと口の中で冷ましつつ、豆腐ごはんを味わう。

豆腐は驚くほどとろっとろだ。このなめらかな舌触りは、絹ごし豆腐である。

長時間煮込まなければならないため、勝手に木綿豆腐で作っているると思っていたのだ。

まさか、絹ごし豆腐だったなんて。

出汁からは豊かで複雑な味わいが感じられる。

ふと、定食のおかずとして出されたおでんのダイコンを食べてみる。

「――あ！」

ダイコンはとう飯の豆腐と同じ出汁を、たっぷり吸い込んでいた。

つまり、とう飯の豆腐はおでんの煮汁で煮込んだものなのだ。普通の出汁と醬油で煮込んでも同じ味わいにならないはずである。

出汁の中に、練り物や野菜、お肉などの旨みがギュギュッと凝縮された味わいは、簡単に作れるものではない。

しかもこのお店のおでんの煮汁は、何十年と継ぎ足して作った秘伝の出汁だ。

再現できるわけがなかったのだ。

豆腐について驚いてばかりだったが、とう飯にはごはんにも秘密があった。

具のない炊き込みごはんと思いきや、まったく違うものだった。

ごはんを単体で食べたらわかる。これは、お茶で炊いたごはんだと思われる。

香ばしい風味はおそらく、ほうじ茶だろう。

と、研究はこれくらいにして、あとはとう飯を存分に味わった。

お腹も心も満たされ、つばさちゃんと共にお店を出る。

「海月お姉ちゃん、とう飯、すごかったね」

「うん、すごかった」

再現は難しいだろうが、ヒントは得ることができた。近いものならば作れるかもしれない。

田貫さんの誕生日までには、完成させたいと決意を新たに家路を急いだ。

◇◇◇

田貫さんの誕生日まで三日を切った。

なんとかベースとなる豆腐作りを成功させた私は、豆腐ごはん作りに挑んでいる。

本物のとう飯を食べたことにより、ハードルが激しく上がっていた。

同じものは作れないとわかりつつも、理想が高くなってしまうのだ。

最初に作ったのは、おでんを作った煮汁で煮込んだもの。

私が作るおでん自体がそこまでおいしくないため、味は絶望的だった。

続いて、インスタントのおでんの素《もと》を使って作ってみる。今度は、いかにもインスタントという味がして豆腐の味が台無しになってしまった。

もうダメかもしれない。絶望しきった状況で、私は気づく。

ネット上に豆腐ごはんの作り方があるのではないかと。

スマホで検索してみると再現レシピが、いくつも出てきた。そこには思いがけない材料がいくつも使われていた。あるレシピには、メープルシロップが入っていた。別のレシピでは、蜂蜜を入れるようだ。そうした甘みのあるものを入れることで、味に深みを出しているのだろう。

他にも練り物を入れていたり、オイスターソースを加えていたり。

皆、各々の方法でお店の味に近づくよう工夫しているようだった。

その中で、私にもできそうな再現レシピを発見した。

それは、めんつゆを使ったもの。

「こ、これだ！」

濃縮タイプの市販のめんつゆを、以前田貫さんに習った混合出汁で割ったものを鍋で温める。これで出汁の風味が一層濃くなるはずだ。そこにコクだしのためにオイスターソースを入れる。オイスターソースは牡蠣《かき》からできているので、海の幸の代わりにもなるはずだ。そこに、さつま揚げと絹ごし豆腐を入れて、煮汁が沸騰しないように気をつけて十分ほど煮たら火を止めて数時間寝かせた。煮物は冷めるときに具に味がしみるとネットのレシピに書いてあった。本当に味がしみているか、味見をしてみる。

「うん、これならいける！」

田貫さんの誕生日は明日。ぎりぎりで自分好みの豆腐ごはんを完成させることができた。さらにもう一度温め直して一晩寝かせた豆腐を使った豆腐ごはんを、明日のパーティーで出す。

それ以外の料理は、すでに注文してあった。

ケーキにからあげにフライドポテト、ローストビーフにカプレーゼ、グラタンなど、つばさちゃんが喜びそうなものをチョイスしている。

全部作りたかったけれど、今の私には豆腐ごはんを作るだけで精一杯だったのだ。

ただ、私達に時間はいっぱいある。一年、二年と時間をかけて、いろんな料理をおいしく作れるようになりたい。

それが、今の私の目標だ。

明日は、つばさちゃんの部屋を飾り付けて、田貫さんを呼び出してサプライズパーティーをすることになっている。

つばさちゃんは一生懸命、飾りを作っていた。当日、私は風船を膨らませる係を命じられている。頑張らなければ。

でも、その前にもうひとつ、やらなければならないことがある。

今日、田貫さんと話す時間を作ってもらった。

求婚について、返事をする予定である。

◇◇◇

約束は二十二時。そろそろ時間だ。

この先二度とないであろう、人生の選択の瞬間である。オシャレをして挑みたかったが、つばさちゃんが何事かとビックリするので普段着のまま。

田貫さんの部屋の扉を叩いたが、無反応だった。灯りが漏れていないので、まだ戻ってきていないのかもしれない。

それか、疲れて眠っているか。

どうしたものかと考えていたら、田貫さんからスマホにメッセージが届く。少しトラブルがあったので待っていてほしい、と。

どこで、どのくらい待っていたらいいものか。

迷っているところに、再びメッセージが届く。田貫さんの部屋の中で、待っているようにと書かれてあった。

なんだか悪いような気がしたが、廊下でうろうろしているわけにはいかないだろう。お言葉に甘えて、部屋の中で待たせていただく。

田貫さんの部屋は、相変わらずきれいに整えられていた。

落ち着かない気持ちで待っていたら、カツンという音が聞こえる。

音がするほうを見たら、銀ぎつねが部屋の入口にいた。もしかして、つばさちゃんを寝かせにきたついでに、ここにやってきたのか。

「おいで」

手を差し伸べたら、銀ぎつねは走って私の胸に飛び込んできた。

「おっと！　今日は元気だね」

耳から首筋、お腹から尻尾と、全身くまなく撫でてあげた。

「……海月さん。今日はなんだか、情熱的ですね」

「いや、なんか緊張してしまって――――んん⁉」

聞き慣れた男性の声が、銀ぎつねの口元から聞こえた。

じっと、顔を凝視してしまう。優しい青い瞳には、どこか見覚えがあった。

「あの、もしかして……？」

「すみません、今日は満月で妖力が満ちて、このように本来の姿に転じてしまいました」

銀ぎつねがスラスラと喋る。その声は、田貫さんのものだった。

まさかと思い、きつねの窓を作って銀ぎつねの姿を覗き込む。

そこに映っていたのは、田貫さんの姿だった。

「ひゃあ！」

驚きすぎて、腰を抜かしてしまった。

「あ、あなた、た、田貫さん、だったのですか⁉」

「ええ、そうです。隠していて、すみませんでした」

「で、でも、たぬきでは、ないのですか……？」

「たぬきです。ネットで白いたぬきを検索してください。きつねによく似ていますので」

「ひ、ひえぇ」

震える手でスマホを操作し、〝白いたぬき〟を検索する。

そこには、確かに銀ぎつねにそっくりのたぬきの写真が、何枚も出てきた。

「な、なぜ、そのお姿に？」

「強い力を持つ豆だぬきは、銀の毛並みを持って生まれるようです。突然変異的な何かですかね」

「は、はぁ」

私は銀ぎつねが田貫さんとは知らずに、撫でまくり、抱きつきまくり、愛でまくっていた。

どんな気持ちで、その行為を受け入れていたのか。

「すすす、すみません！　これまで、容赦なく触ってしまって」

「責任を、取ってもらおうと思いまして」

「せ、責任⁉」

〝花曇り〟を辞めろということだろうか。それ以外、思いつかない。

「伴侶に、なっていただけますか？」

「へ？」

「以前にも話した通り、すぐでなくても構いません。でも、私は約束が欲しいのです」

そう言って、田貫さんは私の左手の薬指を甘噛みした。

歯形も何も残っていないのに、田貫さんは今噛んだばかりの薬指をペロペロと舐めている。

そして、上目遣いで私を見た。

「いかがでしょうか？」

「お、お受け、します」

「え？」

「田貫さんの、伴侶にしてください」

「今、なんと？」

「妻に、していただけたら、その、嬉しく思います」

田貫さんは美しい銀色の毛並みを、ぶわりと膨らませる。

「海月さん、後悔はしませんか？」

「しません」

きっぱり言い切ると、田貫さんは私の胸元に再び飛び込んできた。

体重を支えきれずに、後ろに倒れ込んでしまう。田貫さんは私の首筋に体をすり寄せ、

「嬉しいです」と囁いた。

「ずっと断る雰囲気を漂わせていたのに、どうして急に受け入れてくれたのですか？」

「つばさちゃんと女将さんが、背中を押してくれたんです」

「やはり、そうでしたか」

「結婚は、当人だけの問題ではないので」

田貫さんは熱烈的に見つめ、私の唇をペロリと舐めた。

「あー、それ以上は、お許しを！」

白旗を上げると、田貫さんは瞳を細めて微笑んでいた。

◇◇◇

誕生パーティーの当日、田貫さんにサプライズを仕かける。

田貫さんが部屋の扉を開けた途端、つばさちゃんとふたりで「お誕生日おめでとう!!」と声をかけたのだが、田貫さんはこれまでにないほどびっくりしていた。

「今日は、誕生日、でしたか」

「つかさお兄ちゃん、忘れていたんだ」

「自分の誕生日を忘れる人、本当にいるんですねぇ」

つばさちゃんが田貫さんの手を引いて、部屋の中に招く。

「うわ、すごいですね」

部屋は折り紙で作ったわっか飾りや花、風船などで見事に飾られている。

カーテンに貼り付けてある紙皿には、つかさお兄ちゃん、お誕生日おめでとう！　と書かれてあった。つばさちゃんの直筆である。

「驚きました。こんなふうに、祝っていただけるなんて」

「海月お姉ちゃんが、一緒に頑張ってくれたの。お料理もこんなにあるよ」

つばさちゃんが指さしたパーティー料理の中に、豆腐ごはんだけが浮いている状態だった。

「これは？」

「豆腐ごはんです。料理はほとんど買ったものですが、これだけは手作りしました。どうぞ召し上がってください」

「とってもおいしいから」

先に味見をしてくれていたつばさちゃんが太鼓判を押してくれる。

まずは乾杯。ジュースやお酒を用意していたものの、田貫兄妹は揃って「お茶がいい」と言っていた。渋い趣味の兄妹である。

「では、いただきます」

田貫さんが豆腐ごはんを食べる様子を、ドキドキしながら見守る。

つばさちゃんも私と同じくらい、緊張しているようだった。

「――おいしい！」

そのひと言で、緊張の糸が切れた。つばさちゃんと私は笑顔になる。

料理はいつだって心とお腹を満たしてくれる。

離婚する前の私にとって、料理は毎日こなさないといけない義務だった。けれど、今は違う。

大切な人達を想い、少しでもおいしく味わってほしい。お腹いっぱいになって、笑顔になってほしい。そんな気持ちで、作る喜びとなっていた。

調理に関してはまだまだ勉強中で、未熟としか言いようがない。

けれども、これからもずっと私は大好きな人達のために料理を作り続けたい。

それが、今、私が望んでしたいことだ。

「海月お姉ちゃん、どうかしたの？」

「幸せだなって、思って」

つばさちゃんが、ぎゅーっと抱きしめてくれる。

田貫さんも、微笑んでいた。

プレゼントを渡して、ケーキを食べて、ごちそうに舌鼓を打ち、楽しい夜を過ごす。

「海月お姉ちゃん、こんなに楽しい誕生日は、はじめて！」

「よかった。来年も、再来年も、ずーっと、一緒に楽しい誕生日を過ごそうね」

「うん！」

春になったら、私達は本当の家族になる。

それまで家族の予行練習を頑張ろうと、笑顔で語り合ったのだった。

あとがき

こんにちは、江本マシメサです。この度、『豆腐料理のおいしい、豆だぬきのお宿』をお手に取っていただきまして、まことにありがとうございました。

前作『浅草ちょこれいと堂　～雅な茶人とショコラティエール～』から、約二年ぶりのファン文庫からの上梓となりました。

デビューから早くも五年経ち、刊行した書籍の数は七十冊を超えたのですが、もしかしたら今回の本が一番の難産だったかもしれません。

干した布団を叩けば叩いただけ埃が出るかのごとく、修正しても修正しても見つかる粗……！

ここ最近ずっと、ヒストリカルものや古い時代を題材にした作品を書いていた影響でしょうか。主人公の喋りが現代人らしくなく、古めかしい言い方が多かったようで、ヒイヒイ言いながら修正しました。

担当編集様には、大変ご迷惑をおかけしました。本当に、すみませんでした。心から、感謝しております。

大好きなたぬきと、豆腐の魅力が少しでも伝わったら幸いです。

表紙は、Ｍｅｉｊ先生にご担当いただきました。愛らしいつばさに、カッコイイつかさ、可愛い海月を描いていただきました。

つばさのフワフワ感が、たまりません！　見た瞬間、幸せいっぱいな気持ちになりました。Ｍｅｉｊ先生、ありがとうございました。

最後に、読者様へ。

お楽しみいただけましたでしょうか？　また、どこかでお会いできたら、嬉しく思います。

江本マシメサ

参考文献

『忙しくて余裕ない日は、豆腐にしよう。』今泉久美 著　女子栄養大学栄養クリニック 監修（山と渓谷社）
『豆腐百珍』福田浩　杉本伸子　松藤庄平（新潮社）
『使える豆腐レシピ 豆腐・油揚げ・高野豆腐・湯葉・おから・豆乳で作る。毎日食べたい和・洋・中・韓116品』笠原将弘　和知徹　小林武志　金順子（柴田書店）
『豆腐でごはん』大庭英子（オレンジページ）
『毎日が豆腐主義』大久保恵子（高橋書店）
『お豆腐屋さんが教える簡単手づくり豆腐』石川伸（家の光協会）
『豆腐：おいしいつくり方と売り方の極意』仁藤齊（農山漁村文化協会）
『豆腐料理：豆腐・おから・豆乳・湯葉・油揚げ・高野豆腐』礒本忠義（柴田書店）
『魔除けの民俗学　家・道具・災害の俗信』常光徹（ＫＡＤＯＫＡＷＡ）
『日本俗信辞典 動物編』鈴木棠三（ＫＡＤＯＫＡＷＡ）
『タヌキ（北国からの動物記）』竹田津実（アリス館）
『タヌキ学入門：かちかち山から3・11まで 身近な野生動物の意外な素顔』高槻成紀（誠文堂新光社）

この物語はフィクションです。
実在の人物、団体等とは一切関係がありません。
本書は書き下ろしです。

江本マシメサ先生へのファンレターの宛先

〒101-0003　東京都千代田区一ツ橋2-6-3　一ツ橋ビル2F
マイナビ出版　ファン文庫編集部
「江本マシメサ先生」係

Fan
ファン文庫

豆腐料理のおいしい、豆だぬきのお宿

2021年4月20日　初版第1刷発行

著　者　江本マシメサ
発行者　滝口直樹
編　集　山田香織（株式会社マイナビ出版）、濱中香織（株式会社imago）
発行所　株式会社マイナビ出版
〒101-0003　東京都千代田区一ツ橋2丁目6番3号　一ツ橋ビル2F
TEL 0480-38-6872（注文専用ダイヤル）
TEL 03-3556-2731（販売部）
TEL 03-3556-2735（編集部）
URL https://book.mynavi.jp/

イラスト　Meij
装　幀　諸角千尋＋ベイブリッジ・スタジオ
フォーマット　ベイブリッジ・スタジオ
DTP　富宗治
校　正　株式会社鷗来堂
印刷・製本　中央精版印刷株式会社

拝み屋つづら怪奇録
異聞拾集篇
猫屋ちゃき
マイナビ